이번주도 무사히 보냈습니다.

이번주도 무사히 보냈습니다.

발 행 | 2023년 2월 14일
저 자 | 슬기로운 작가생활 18기
펴낸곳 | 주식회사 부크크
출판사등록 | 2014.07.15.(제2014-16호)
주 소 | 서울특별시 금천구 가산디지털1로 119 SK트윈타워 A동 305호
전 화 | 1670-8316
이메일 | info@bookk.co.kr

ISBN | 979-11-410-1598-5

www.bookk.co.kr
© 슬기로운 작가생활 18기

이번주도
무사히
보냈습니다.

CONTENT

작가 손랑은

어제 같은 오늘도 매일 특별하게 해주는 나의 직업을 사랑합니다.
다정함의 과학을 알게 해준 반려견을 사랑합니다.
오래는 좌절하지 않는 나의 탁월한 회복탄력성을 사랑합니다.
글쓰기의 진정한 가치를 발견한 나의 현명함을 사랑합니다.
가진 것은 없으나 늘 행복한 나를 사랑합니다.

시선의 의미

"뭘 봐?"

 눈이 마주친 순간 이런 말을 들으면 누구든지 할 말을 잃을 것이다. '우연인데? 라고 잡아 떼거나, '네가 예뻐서'라며 치켜세우는 상황보다는 '어?그게...' 또는 '그냥'이라며 얼버무리는 경우가 훨씬 많을 것이다. 만약 눈이 마주친 상대방이 나에게 어떤 이유로든 의미 있는 타자라면 훨씬 더 당황스러울 것이다. 본다는 것은 아침에 눈을 뜬 순간부터 하루를 마무리하는 순간까지 숨을 쉬듯 자연스럽게 이루어지는 일이기 에 이유를 묻는다면 당황스러운 것이 당연하다. 그저 눈길이 숨을 쉬듯 그곳으로 갔을 뿐.

 내가 중학교 2학년 때 수학 학원에 가면 자꾸만 눈이 마주치던 남자애가 있었다. 그 애는 늘 강의실 맨 뒤에서 두 번째 줄에 앉았는데, 성장의 폭풍을 혼자서만 온몸으로 맞고 있는 사람처럼 그 나이 때의 다른 소년들에 비해 키가 크고, 체격이 다부졌다(그에 반해 나는 성장의 가랑비도 맞지 못한 사람처럼 잘 봐줘야 또래 정도의 키와 몸집을 가지고 있었다). 늘 강의실 맨 앞자리에 앉던 나는 어느 날인가 친구에게 샤프심을 빌리려고 무심코 뒤를 돌아봤다가 그 애와 눈이 마주쳤다. 짧은 순간이었지만 그 애의 안경 너머의 눈과 분명히 마주했다. 그리고 그날 이후 그 애와 눈이 마주치는 일이 잦아졌다. 시계를 보려고 뒤를 돌아봤다가, 시험지를 뒤로 넘기다가, 강의실 맨 뒤에서 두 번째 줄에 앉은 그 애의 시선과 맞닥뜨렸다. 당시 나는 의외로 순진해서 시선의 의미 같은 건 생각지도 못하고 '왜 자꾸 눈이 마주치지' 정도의 생각을 했었다. 그런데 며칠 후 그 애와 자꾸 눈이 마주치는 이유를 알게 되었다. 같은 학원에 다니던 발 넓은 친구로부터 그 애가 나를 좋아한다는 이야기를 들은 것이다. 그 이야기를 들은 순간 '왜 자꾸 눈이 마주치지' 라고만 생각했던 그 애의 시선의 의미를 알게 되었다.

' 눈이 자꾸 마주친다는 건 좋아한다는 거구나. '

그날 이후 내 머리 위에는 조명이 하나 달리게 되었다. 그 조명은 마치 연극에서 주인공만을 비추는 핀 조명처럼 한동안 내 머리 위를 비췄는데, 나는 마치 내가 학원 어디에 있든 그 애의 눈과 귀가 나를 향해 있다는 귀여운(?) 착각을 시작하게 됐다. 대충 질끈 묶고 다니던 머리는 풀어 헤치고, 촉촉하고 생기 있는 입술을 위해 약간 붉은 빛이 도는 립 밤을 늘 교복 앞 주머니에 넣고 다녔다. 쉬는 시간에 친구들과 수다를 떨 때도 내가 어떤 말을 하는지, 어떤 표정으로 말하고 있는지 그 애가 지켜보고 있을 것만 같았다. 그리고 어느 날인가 학원 선생님이 나에게 복잡스러운 수학 문제를 나와서 풀어보라고 했고, 결국 내가 그 문제를 틀렸을 때는 정말 하늘이 무너지는 것처럼 창피하고 억울한 마음에 학원 선생님을 며칠 동안이나 원망했었다.

사실 조금만 생각해 보면 그 애는 내가 수학 문제를 틀렸다고 해서 나를 비웃을 리가 없다는 것을 알 수 있다. 또 내가 학원 어디에 있든 그 애가 항상 날 지켜볼 리가 없다는 사실도 알 수 있다. 그 애가 날 좋아한다는 말을 들었다고 해서 그 애가 늘 나만 바라보고 있을 만큼 한가할 리는 없기 때문이다. 아마도 누구나 한 번쯤 경험해 봤을 법한 사춘기 청소년의 앙큼한 착각이었을 것이다. 교육심리학에 '상상 속의 청중'이라는 말이 있다. 청소년기에는 누구나 내가 무대에 주인공이며, 모두가 나를 주목하고 있다는 착각을 할 수 있다는 것이다. 이러한 착각은 어른이 되면 대부분 자연스레 사라진다. 각기 고유한 정체성이 형성되어 더 이상 남들의 시선을 그다지 신경 쓰지 않게 됐기 때문일 수도 있고, 세상의 주인공은 내가 아니라는 인생의 떫은 맛을 보았기 때문일 수도 있다. 아마 어른이 되어서 까지 그런 착각을 종종 하는 사람이 있다면 분명 어디에서나 환대받지는 못할 것이다. 다만 나는 때로 그때 그 시절의 시선과 착각이 그리운 생각이 든다. 그때 그 애의 그 시선. 관심과 호기심이 가득하지만 결코 때 묻지 않은 싱그럽던 그 시선. 그리고 그로 인해 생겨난 착각을 마음껏 누리고 즐기던 어리고 순진한 나. 야속하게도 어른이 되어 버린 지금은 느끼지 못할 그 순간과 감정들.

시선은 눈이 가는 길이다. 누군가의 순수하고 강렬한 눈길 끝에 있는 것이 나라는 사실이, 그 길의 목적지가 나라는 사실이 꽤 짜릿하지 않은가. SNS를 통해 진짜인지 가짜인지 모를 화면 속 누군가와 찰나의 시선과 관심만을 주고받는 인스턴트 시선의 시대이기에 더욱더 말이다.

오늘 하루를 돌이켜 보았다. 나는 오늘 소중한 누군가에게 의미 있는 시선을 주었는가. SNS 속 찰나의 누군가에게 찰나의 질투, 찰나의 선망만을 보내지는 않았는가. 가끔은 사춘기 때의 모습으로 조금 더 순수하고, 강렬한 시선으로 살아가는 것도 좋지 않을까.

'눈이 자꾸 마주친다는 건 좋아한다는 거구나.'
그날 이후 내 머리 위에는 조명이 하나 달리게 되었다.

다정도 병인 양하여
잠 못들어 하노라?

"너무 잘해주지 마"

사귄 지 2년쯤 된 전 남자친구에게 헤어지면서 이런 말을 들은 적이 있다. 그런 말을 듣는 건 처음이라 황당함에 벙찌고 말았다. 그때 제대로 맞받아치지 못한 게 아직도 조금 분하다. 헌신하다 헌신짝 됐다 이건가? 나는 내 헌신을 말 한마디로 헌신짝으로 만들어버린 그에게 훅 실망감이 들었다. 헤어질 때 보여주는 모습이 그 사람의 진짜 모습이라고들 하던데 나는 비로소 그를 정시(正視)하게 된 것 같았다. 늘 어느 나라의 왕자쯤 되는 사람으로 여겼던 그는 전혀 왕자가 아니었고, 신데렐라는 더더욱 아니었고, 그저 신데렐라의 언니였다. 신데렐라의 언니가 아무리 발을 구겨 넣으려 해도 유리 구두를 신을 수 없었던 것처럼 그는 단지 내 헌신을 신을 만한 인물이 아니었던 것이다.

뇌 과학자들은 사랑이 그저 호르몬의 작용이며, 2년 정도 되는 짧은 호르몬의 매직 타임이 끝나면 영원할 것 같던 사랑도 함께 끝날 것이라고 말한다. 정말 그런 것일까? 언젠가 나는 70여 년 간의 결혼 생활 끝에 같은 요양원에서 30분 간격으로 자연사한 부부의 이야기를 들은 적이 있다. 그들은 어떠한가. 호르몬의 법칙에 따르자면 사랑이 식어도 한참 식은 이 부부의 기적은 어떻게 설명할 수 있을까. 사랑은 계단을 오르는 것과 비슷한 것 같다는 생각이 든다. 처음에는 내가 어디로 향하게 될지 두근거리고 설레는 마음으로 첫 번째 계단으로 한 걸음 내디딘다. 그리고 어느 정도 시간이 지나면 두근거림은 뜨거운 사랑이 된다. 열렬한 사랑에 빠지는 콩깍지층에 도착한 것이다. 제대로 이 층에 도착했다면 그의 모든 것이 아름다워 보일 수도 있다. 어쩌면 고급스러운 레스토랑에 크록스를 질질 끌고 나와도 용서해줄 수 있을지도 모른다. 이토록 대단한 사랑이 어디 있겠냐고 생각되지만 사실 여기까지는 위대한 사랑 호르몬 덕분에 누구나 도달할 수 있다. 정말로 대단한 사랑의 층은 사랑의 최고층이자 정수인 그 다음 층이다. 이제

연인들은 거의 무적에 가까운 사랑 호르몬의 도움을 받을 수 없기 때문이다. 연인들은 온전히 그들만의 힘으로 사랑을 이어 나가야 한다. 등산을 꾸준히 하는 사람의 다리에 점차 근육이 붙는 것처럼 이때 그들을 사랑의 마지막 층으로 추동하는 힘은 함께 사랑의 계단을 오르며 쌓은 특별한 신뢰와 유대감이다. 이 단계에 도달한 연인은 더이상 서로가 제일 예쁘다거나, 멋지다거나 하지는 않을 것이다. 다만 따뜻한 눈빛과 온기로 서로의 삶을 공유한다. 차갑고 힘든 세상에 서로가 있음에 감사하며 편안함을 느낀다. 마침내 사랑의 계단 끝의 문을 열고 '차가운 세상에 있는 천국'에 도착한 것이다. 이 사랑의 층은 아무나 도달할 수 없기에 더 특별하고, 의미 있으며, 가치롭다. 흔히 더 많이 사랑하는 사람은 약자라고 이야기한다. 연애에서는 남자가 더 많이 사랑해야 행복하며, 그를 너무 많이 사랑하게 되는 순간 그는 떠날 것이라고 한다. 그럴 지도 모르겠다. 만일 그가 헌신을 헌신짝으로 여기는 신데렐라의 언니라면 말이다. 사랑은 뇌의 호르몬 분비가 끝나면 끝나버리는 그런 차가운 것이 아니다. 약자와 강자라는 약육강식의 논리로 설명할 수 있는 것은 더더욱 아닐 것이다. 70년을 함께 하고도, 마지막까지 함께한 노부부가 보여주었듯 사랑은 차가운 세상 속의 천국을 가능케 하는 거의 유일한 것이다. 천국은 본디 아무나 갈 수 있는 곳이 아니지 않은가. 나에게 '너무 잘해주지마'라고 말했던 그는, 헌신을 헌신짝으로 여겼던 그는 그저 호르몬의 도움이 없으면 사랑을 할 수 없는 사람이었던 것이다. 한결같은 사랑의 다정함과 헌신을 권태와 헌신짝으로밖에 여길 수 없어 마침내 천국으로 들어갈 수 없는 사람이었던 것이다.

미국의 한 교수 연구팀은 토끼들을 데리고 혈중 콜레스테롤 수치와 심장 건강 사이의 연관성을 밝히는 실험을 했었다. 이 실험에 참여한 토끼들은 모두 비슷한 유전자를 갖고 있었고, 같은 고지방 사료를 먹었다. 그런데 놀랍게도 결과는 예상과 달랐다. 연구팀은 모든 토끼들에게서 비슷한 결과가 나올 것이라 예상했지만 어떤 토끼들은 다른 토끼들에 비해 혈관 속 지방 성분이 60퍼센트나 적었던 것이다. 지방 성분이 60퍼센트나 적었던 토끼들은 모두 한 연구원이 돌 본 토끼들이었는데, 그녀는 토끼들에게 고지방 사료를 주면서 사랑을 함께 주었다. 토끼들을 쓰다듬어주고, 말을 걸고 애정을 주었다. 그러자 놀랍게도 고지방 사료의 많은 부작용들이 사라졌고, 토끼들은 다른 토끼들에 비해 건강했다. 건강한 토끼와 그렇지 못한 토끼를 나눈 것은 사료도 유전자도 아닌 다정함과 애정이었다.

다정은 병이 아니다. 다정은 오히려 약이다. 사랑하는 사람에게 줄 수 있는 최고의 명약이다. 의사가 아무리 약을 제대로 처방해도 환자가 이에 의심을 품으면 약효가 제대로 나타나지 않는다는 노시보 효과처럼, 다정이라는 명약을 아낌없이 내주어도 병으로 받아들이는 사람에게 다정이라는 명약은 너무 아깝다.

너무 잘해주지 말라고? 아니. 더 잘해 줄 거야. 정신없이 바쁘고, 모든 것이 순식간에 변하는 세상에서 나 하나를 오랫동안 지켜봐 준다는 것의 다정함과 그 다정함의 소중함을 아는 사람이라면 더 많이 아껴주고 소중하게 대해 줄 거야. 그리고 같이 차가운 세상에 있는 천국으로 들어갈거야.

다정은 병이 아니다. 다정은 오히려 약이다. 사랑하는 사람에게 줄 수 있는 최고의 명약이다.

본 주사의 효과는 영구적이

지 않습니다.

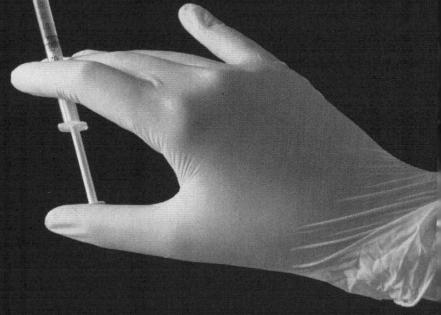

"넌 겉만 번지르르한 껍데기야!"

동화 〈종이 봉지 공주〉에 나오는 공주의 마지막 대사이다. 제목부터 '공주'와 전혀 어울리지 않는 단어들로 이루어진 이 동화는 마지막 대사까지 파격적(?)이다. '넌 겉만 번지르르한 껍데기야'라니. 일반적인 공주가 왕자에게 할 법한 대사가 전혀 아니다. 그래서 난 이 대목이 좋다. "네가?"라는 의외성과 아이러니가 주는 쾌감은 확실하고 강력하다. 〈종이 봉지 공주〉 속 왕자는 천박한 심성을 지닌 인물이다. 눈부신 지혜와 현명함으로 용에게 잡혀간 자신을 구해준 공주에게 더럽다며 옷이나 다시 챙겨 입고 오라고 말한다. 뭐 눈엔 뭐만 보인다더니 그저 온전한 껍데기 밖에 가진 것이 없던 왕자는 누구보다 빛나는 알맹이를 가진 공주를 눈앞에 두고도 초라한 껍데기만 보이는 모양이다. 껍데기는 그저 알맹이를 싸고 있는, 그야말로 포장지에 불과한데 말이다.

며칠 전 얼굴에서 슬슬 피어나는 노화의 징후를 발견하고 놀란 마음에 보톡스라도 맞아 보려 피부과에 갔다. 의사는 빠르고 숙달된 손놀림으로 내 얼굴에 보톡스라는 희석된 독을 수십 방 찔러 넣었다. 피부를 뚫는 고통에 찔끔 눈물이 났지만 손등을 꼬집으며 참았다. 지금까지 내가 겪어 온 신체적 고통 중 단연 1위는 매복 사랑니 발치였는데, 다른 양상의 아픔일 뿐이지 거의 비슷한 수준의 고통이었다. 내가 얼마나 예뻐지겠다고 이러고 있나 후회감이 마구 밀려오려던 순간 50분 같던 5분의 보톡스 타임이 끝났다. 그 5분은 마치 돈을 내고 자발적으로 고문을 받는 것 같은 시간이었다. 반쯤 정신이 나간 상태로 병원을 나오려는데 직원이 꼭 읽어 보라며 작은 종이를 건넸다. '시술 후 주의사항'이라고 적힌 손바닥 만한 그 종이에는 7가지 주의사항이 빼곡하게 적혀 있었다. 그리고 그중 5번은 나를 좌절케 하기에 충분했다.

'5. 본 주사의 효과는 영구적이지 않습니다. 개인에 따라 차이는 있지만 보통 2~3개월 정도 유지됩니다.'

 돈으로 살 수 있는 것들은 늘 유효기간이 있다. 딱 내가 낸 값만큼의 역할을 한다. 5분 남짓한 시간과 10만 원 안팎의 돈으로 영구적인 효과를 바란 것은 아니었지만 어쩐지 밑지는 느낌이 들었다. 5분간 내가 느낀 고통은 내 삶의 지난 시간 동안에는 전혀 느껴보지 못했던 경험이었기 때문이다. 아마 난 이 고통의 경험을 적어도 10년은 잊지 못할 것이다. 경험이란 그런 것이니까.

 얼굴의, 껍데기의 노화와 나이 듦이 두려운 이유는 어쩌면 지킬 수 없는 것을 계속 지키려고 하기 때문이 아닌가 생각한다. 우리는 사실 아무리 필사적으로 몸부림쳐도 중력과 세월이라는 강대한 적에게 앳되고 풋풋하며 아름다운 얼굴을 필연적으로 빼앗기고 말 것이다. 나의 엄마가 그랬고, 할머니가 그래왔듯이. 그렇지만 나는 엄마나 할머니의 주름진 얼굴이 한순간도 아름답지 않다고 느껴본 적이 없다.

 껍데기는 그저 껍데기일 뿐이다. 빳빳한 명품 쇼핑백에 명품이 아니라 잡동사니가 들었을 수 있고, 주름진 비닐봉지에 금덩이가 들어있을 수도 있다. 나는 아직도 대학원 입학 첫날 입학 환영 말씀을 하시던 60대 여교수님의 얼굴이 생생하다. 교수님의 표정에는 온화한 미소가 떠나지 않았고, 화장기 없는 얼굴은 자신감으로 빛났다. 단 몇 분 이야기를 들었을 뿐이었지만 사용하는 단어와 문장에서 내면의 힘과 그녀가 살아온 인생을 느꼈다. 그 시절에 아이 둘을 키우는 엄마로, 대학에서 학생들을 가르치는 강사로 그리고 박사 과정을 공부하는 학생으로 치열하게 살아 온 여자의 아우라는 실로 아름다웠다. 아름다운 인생은 얼굴에 남는다는데, 그녀의 충실하고 다정한 하루하루가 고스란히 얼굴에 흔적으로 남아 빛나는 것 같았다.

사실 내가 껍데기에 대한 관심을 완전히 버리고 온전히 알맹이에만 내 삶의 생산적인 에너지를 쏟아부으며 살 수 있을지는 잘 모르겠다. 어쩌면 3개월 후에 또 보톡스를 맞으러 갈지도 모른다. 예쁘다는 말은 언제 들어도, 누구에게 들어도 정말로 기분 좋은 말이기 때문이다. 다만 내가 하는 선택들이 모여 내 인생이 완성되는 것이라면 늘 알맹이를 최우선으로 선택하는 사람이고 싶다. 매일 충실한 하루를 살고, 배움과 경험을 쌓고, 지혜와 너그러움을 축적하여 끝내 진정으로 아름다운 사람이고 싶다.

아름다운 인생은 얼굴에 남는다는데, 그녀의 충실하고 다정한 하루하루가 고스란히 얼굴에 흔적으로 남아 빛나는 것 같았다.

이번주도 무사히 보냈습니다.

경차를 마세라티처럼

타고 다녔다.

후회는 남겨진 자들의 숙명이라는 글을 본 적이 있다. 헤어짐을 건네받은 쪽은 남겨졌다는 사실을 조우하게 되면 왜 남겨지게 됐는지, 이랬으면 남겨지지 않았을까, 저랬으면 헤어지지 않았을까 하며 지난날을 돌아본다. 떠난 이의 빈자리를 돌아본다는 것은 어쩌면 상실감과 마주한다는 것이고, 상실감을 마주하는 일은 무척이나 아픈 일이다. 나도 참 후회를 많이 했었다.

남자보다 여자가 더 많은 그 직장인 밴드에 들어가겠다는 너에게 흔쾌히 매주 취미 활동을 하라고 말해 줬다면 네가 떠나지 않았을까. 매주 만날 때마다 피곤해하는 너에게 왜 그렇게 피곤해하냐는 말 대신 비타민계의 에르메스라도 사줬다면 네가 아직 내 옆에 있을까. 조금이라도 더 근사한 크리스마스 레스토랑을 예약하려고 버둥거리지 않았다면 우리가 아직 함께일까. 왜 네가 나에게 헤어짐을 건네야만 했는지 수없는 후회를 했었다. 그러다 문득 알게 되었다. 너는 그저 본래부터 가지고 있던 얕은 사랑을 다 쓴 것이고, 나는 아직 다 쓰지 못해 남게 된 것뿐이란 것을.

나는 네가 여자가 남자보다 많은 그 직장인 밴드에서 청일점처럼 노래하는 것이 정말 싫었다. 그래도 만약 네가 그저 취미 활동일 뿐이고, 삶의 활력소로 삼아 더 행복하게 살 수 있다고 이야기해 줬다면 나는 분명 아주 많이 응원해 줬을 거다. 만약 네가 오늘은 너무 피곤하니 데이트 대신 집에서 푹 쉬고 싶다고 이야기해 줬다면, 푹 자고 일어나서 먹으라고 치킨이라도 시켜줬을 거다. 만약 네가 이번 크리스마스에는 북적거리는 레스토랑 말고 집에서 편하게 쉬고 싶다고 이야기해 줬다면, 손이 노래지도록 귤이라도 까먹으면서 넷플릭스나 보자고 귤을 잔뜩 싸 들고 너의 집으로 갔을 거다. 내가 이런 사람이란 것을 제일 잘 아는 사람은 너였다. 너는 나를 제일 잘 알면서도 대화를 포기하고 그저 그 순간을 모면하는 것을 선택했다.

 수십 년간 전 세계적인 베스트셀러의 자리를 지키고 있는 존 그레이의 〈화성에서 온 남자, 금성에서 온 여자〉는 제목에서부터 '남자와 여자는 엄청나게 다르며, 심지어 다른 행성에서 왔을지도 모른다.' 는 강렬한 메시지를 전달한다. 인종과 국가를 막론하고 수많은 사람들이 '남자와 여자가 서로 다른 행성에서 왔다'라는 저자의 상상에 동의한다. 이는 진화론적으로든, 경험적으로든 우리가 남자와 여자는 너무나도 다르다는 것을 체득했고, 때문에 대화를 통한 특별한 이해의 과정이 필요하다는 것을 알고 있기 때문이다. 결혼한 커플의 절반이 이혼하고, 수십 년간 함께한 부부가 황혼 이혼을 결심한다. 이러한 시대의 초상은 서로의 다름을 이해하려는 노력이 지금 막 만나기 시작한 풋풋한 커플에게도, 결혼하고 함께 수십 년을 보낸 부부에게도 반드시 필요한 과정임을 알려준다.

 세상에 모든 남녀가 그러하듯 나와 그도 달랐다. 처음에는 보이지 않던 다름은 서로가 익숙해지자 뚜렷해졌다. 익숙함에 속아 소중함을 몰랐다는 어느 노래의 가사처럼 그는 익숙함과 편안함에 소중함을 잊었나 보다. 그는 결국 다름을 이유로 단호한 헤어짐을 건넸다. 다름은 너무도 당연한 것이다. 서로의 다름을 아름답게 여기며 대화를 통해 이해하려 노력하는 것이 사랑일 것이다. 그래서 나는 알게 되었다. 내가 나였기에 남겨진 것이 아니라 그저 그의 얕은 사랑이 바닥을 드러낸 것임을.

 예전에 만났던 사람 중에 내 연봉을 몇 번이나 모아야 겨우 살 수 있을 정도의 비싼 차를 타고 다니는 사람이 있었다. 그의 차를 처음 탔을 때 그는 이 차가 100킬로까지 도달하는 데 단 몇 초밖에 걸리지 않는다며 대단히 뿌듯해하며 말을 했던 적이 있었다. 제로백인지 뭔지, 배기량이 얼마나 되는지 하는 그의 말을 들으며 속으로 차가 그냥 잘 달리기만 하면 되지 그런 게 뭐가 중요한가 하고 생각했었다. 그런데 적어도 사랑에 있어서는 제로백은 몰라도 배기량은 확실히 중요한 것 같다. 충분한 사랑 에너지는 계속 반복되는 권태롭고, 지지부진한 사랑의 상황에서 대화하고 노력하게 하는 동인이 된다. 발전적이고 지속 가능한 사랑을 가능하게 하는 힘이 된다. 그에게 헤어짐을 건네받아 많이 아프고 힘들었으나 이는 내가 사랑을 많이 가졌기 때문이다. 인생의 저울에서는 원래 가진 것이 많을수록 책임지고 감당해야 하는 것들도 많지 않은가. 많이 가진 자로서 책임져야 하는 순간이 온 것이다. 그러니 나는 충분히 슬퍼하고, 아파하며 남은 사랑을 감당해 낼 것이다. 그래야 가지지 못해 책임질 것도 없는 그와 공평한 것 일테니.

잔잔하지만 깊은 호수 같은 심성을 지녀 사랑했던 그는 호수가 아니라 얕은 물웅덩이였고, 나는 물웅덩이에서 좋다고 첨벙첨벙 정신없이 뛰어놀다가 어느새 물이 전부 튀어 없어졌다는 사실을 알게 된 어린아이였다. 물웅덩이에서의 짧은 물놀이가 끝났으니 이제 진짜 호수를 찾으러 가야겠다.

지난 시절의 너에게.
내게 헤어짐을 건네주어, 후회하게 해주어 너에게 참 고맙다. 후회한답시고 지난날을 많이 돌아보았다. 돌아본 지난날에 남아 있는 것은 멋지고 아름다운 네가 아니라 빛나는 내 사랑이었다. 그만큼이나 누군가를 소중히 여길 줄 알고, 아낄 줄 아는 나를 발견했다. 인어공주가 목소리를 잃고 다리를 얻었듯, 강철의 연금술사가 자신의 다리를 대가로 동생의 목숨을 구했듯 나는 너를 잃고 나를 더 많이 사랑하게 되었다. 대끝에서 대가 나고 싸리 끝에서 싸리가 나듯 내 사랑의 끝에 나온 것 역시 사랑이었다. 그러므로 나는 너에게 고마움을 건넨다.

많이 가진 자로서 책임져야 하는 순간이 온 것이다. 그러니 나는 충분히 슬퍼하고, 아파하며 남은 사랑을 감당해 낼 것이다. 그래야 가지지 못해 책임질 것도 없는 그와 공평한 것 일테니.

이번주도 무사히 보냈습니다.

작가 이지현

원피스에 환장하고 청바지는 안 입어요.
꽃시장에 놀러 갔다가 플로리스트 자격증을 땄습니다.
라라랜드를 본 후 피아노를 배웠고 일 년에 두어 번
손과 다리를 떨며 연주회에 섭니다.

이번주도 무사히 보냈습니다.

중2병이 중2때
오는 것도 축복이라는데

악동뮤지션에서 오빠를 담당하는 이찬혁이 선글라스를 쓰고 요상한 춤을 추면서 노래를 한다. 저건 혹시 예술인가? 내가 예술을 몰라서 그런지 조금은 웃긴 것 같기도 한데 기분 탓이겠지? 그런데 댓글을 보니 기분 탓이 아니었다. 대부분은 약간 난해하다고 생각하는 듯하다. GD병이라는 반응도 있고 군대에서 많이 힘들었구나 하는 반응도 있다. 그중에 터져 나오는 웃음을 참기 어려운 댓글이 있었다. "진짜 중 2병이 중 2에 오는 것도 축복임" 박장대소는 이런 상황을 설명하려고 있던 단어인가보다. 깔깔깔. 어떻게 하면 이런 댓글을 생각할 수 있는 것인가. 너무 웃기다. 공감은 1.6만이고 대댓글도 60개 달린 걸 보니 나만 웃은 게 아니었다.

대댓글을 한 번 펼쳐봤더니 웃다가 침 흘린 사람도 있다고 한다. 쭉 읽다보니 몇 개의 대댓글에 눈길이 멈춘다.
"중 2병이 중2에 오면 쟤 중2잖아~ 하고 마는데 나이 들고 나서 오면 쟤 왜 저러나 하잖아요."
"젊었을 때 오는 게 정말 좋은 것 다 용서됨 진심."

킥킥 웃다가 갑자기 씁쓸함이 번진다. 아무래도 이제 젊음의 특권을 한참 비껴갔기 때문이겠지. 어떤 것이든 서투르고 엉망이어도 어린 나이로 커버되는 것들이 있다. 당장 주변만 둘러봐도 작고 귀여운 아기들은 발길질을 해도 '아이고 귀여워~' 찬사를 듣지 않던가. 어리고 귀엽다는 것은 이렇게나 혜택이 많다. 사회 초년생은 일이 서툴러도 '괜찮아, 처음부터 잘하는 사람이 어딨어. 하다 보면 나아지는 거지.' 위로의 말을 기대할 수 있다. 그렇지만 5년 차에도 여전히 서투르다면 능력이 없다고 비판받고 간혹 덜돼 먹은 상사라도 만난다면 쌍욕을 들을지도 모른다.

썸을 타던 상대에게 "그런데... 우리 무슨 사이야?" 헛발질하고

급발진하는 연애도 20대에는 얼마나 순수하고 귀여운가. 오히려 서투름이 귀여움으로 둔갑하여 매력 포인트가 되기도 한다. 하지만 30대에도 여전히 "오빠! 나 좋아하는 거 맞아? 나 삐진다." 이런 멘트를 날렸다가는 상대가 한 걸음 물러서게 될지도 모른다. 30대에 서투른 연애는 하나도 귀엽지 않고 상대의 마음을 차갑게 만들 뿐이다.

가만히 있어도 공짜로 얻어지는 건 나이밖에 없다 보니 나는 조금의 노력과 실패도 없이 나이 먹는 것에 성공하고 말았다. 지난 시절을 돌아보면 그래도 때에 맞춰 나름 애쓰며 살았다고 생각했는데 손에 쥐어진 것이 아무것도 없다. 실상은 실수도 너그럽게 용서될만한 찬란한 시기를 헛되이 보내버린 게 아닌지 헛헛한 마음이 올라온다. 일도 사랑도 어느 것 하나 뚜렷한 성공을 내지 못했단 사실에 요즘은 조금 괴롭다. 남들은 멋진 커리어를 쌓고 결혼이나 출산을 이어가는 동안에 나는 대체 무엇을 했단 말인가.

불행의 시작은 남과 나를 비교하는 데 있다. 사실, 남과 비교하지 않고 내 삶에 만족한다는 측면에서는 누구보다 특출난 사람이었다. 맛있는 점심 한 끼면 충분히 행복해지는 사람임에도 어쩔 수 없이 비교의 시간을 통과할 때가 있다. 대체로 길지 않아 다행이지만. 주어진 시간이 모두에게 공평한 것은 사실이지만 그렇다고 꽃 피는 시기가 다 같으리란 법도 없다. 수지와 남주혁이 미모를 뽐내며 스타트업을 설립하고 성공하는 과정을 담은 드라마가 있다. 드라마에서 할머니는 손녀 수지에게 이런 말을 전한다. "넌 코스모스야. 아직 봄이잖아. 찬찬히 기다리면 가을에 가장 예쁘게 필 거야. 그러니까 너무 초조해하지 마."

마음이 궁핍할 때는 흔하디흔한 말에서도 위로를 얻는다. 비록 지금은 아무것도 없는 빈손이지만 가을에 피는 코스모스를 떠올리니 희망이 차올랐다. 최악의 경우 가을에 피지 못한대도 겨울에 예쁘게 피는 수선화가 되면 되잖아. 내일은 꽃시장에 가서 코스모스가 있는지 한번 봐야겠다. 왠지 화병에 꽂아두면 너도 곧 꽃이 필 거라고 말을 걸어줄 것만 같다. 코스모스가 없으면 수선화라도 사 와야지.

비록 지금은 아무것도 없는 빈손이지만 가을에 피는 코스모스를 떠올리니 희망이 차올랐다. 최악의 경우 가을에 피지 못한대도 겨울에 예쁘게 피는 수선화가 되면 되잖아.

최양락이

무슨 잘못이라고

"나... 단발로 자를까?"

"누구야? 누가 널 이렇게 흔들었어?"

김태리의 사진과 함께 친구의 고민이 도착했다. 친구야 너도 결국, 어느 날 문득 찾아온다는 그 병에 걸리고 말았구나. 여자라면 필연적으로 한 번은 걸릴 수밖에 없는 '단발병'. 나도 어언 옛날에 '그들이 사는 세상' 드라마 속의 송혜교를 보고 단발로 확 저질러 버린 적이 있다. 그때 그 충동 때문에 다시 긴 머리로 돌아가기까지 한참의 시간이 걸렸다. 단발로 예쁘게 잘라났다고 해서 머리카락이 그대로 멈춰 있는 게 아니다. 눈치 없이 열심히도 자라서 결국 애매한 길이를 거치게 되는데 일명 '거지존'이라고 불리는 구간을 지날 수밖에 없다.

이름에서도 알 수 있듯이 이 시기에는 흡사 거지처럼 보이기 때문에 대부분은 버텨내지 못한다. 해당 구간을 견디지 못하면 다시 단발로 자르게 되고 이 과정이 몇 번 반복되면 그야말로 뫼비우스의 띠다. 조금 기르다가 다시 자르고 또 마음먹고 기르다가 자르기를 반복하면서 무한 굴레를 벗어날 수가 없다. 결국에는 괜히 잘랐다고 후회하는 마음이 불쑥 나오기 때문에 '단발병'이라고 이름이 붙여진 것이다.

무시무시한 이 병을 완치할 방법은 크게 두 가지가 있다. 첫 번째는 단발병 퇴치짤을 보고 정신을 차리는 것이고, 두 번째는 퇴치짤을 보고도 정신이 차려지지 않을 시에 시도하는 방법인데, 더 이상 고민하지 않을 수 있게 확 잘라버리는 것이다. 짝사랑을 끝내는 유일한 방법이 고백이듯이 퇴치짤로도 효과가 없다면 자르고 후회하는 방법밖에는 없다. 단발병 퇴치짤로 가장 좋은 효과를 내는 것은 단연 최양락의 단발 사진이다. '단발병 퇴치짤'로 검색만 해도 바로 상단에 뜨기 때문에 쉽게 찾아볼 수 있다. 단발하고 싶은 충동이 올라올 때마다 곧잘 최양락의 사진을 보면서 마음을 다잡을 수 있었다.

단발병 퇴치짤이 너무 유명해져서인지 어느덧 최양락 본인에게까지 그 이야기가 흘러 들어간 모양이다. 어느 인터뷰에서 최양락은 억울함을 토로하면서 이렇게 말한다. "지네들(?)이 못생겨 놓고 왜 나한테!!" 화가 잔뜩 난 표정으로 뱉어내는 말을 듣자 하니 이거 너무 맞는 말이잖아? 가만 생각해보면 아무런 잘못도 없는 최양락을 들먹일 게 아닌데 말이다. 단발이 망한 것은 그저 그 머리를 소화하지 못하는 나의 얼굴이 문제인데 왜 최양락을 탓한단 말인가. 단발로 자른 것도 나의 선택이고 망한 원인도 나에게 있는데 평생 마주친 적도 없는 최양락을 들먹이는 건 무례한 짓이다. 심지어 퇴치짤은 단발을 만류하는 사진임에도 너는 무시하고 머리를 잘라버리지 않았느냐. 더더욱 그를 탓하면 안 될 일이다.

솔직히 고백하자면 나는 남 탓을 자주 한다. 약속한 시각에 도착하지 못하면 "하... 차가 왜 이렇게 막히냐?? 진짜 미안!" 그런데 차 막힐 시간을 미리 계산해서 더 여유롭게 나왔다면 지각하지 않았을 것이다. 서울 시내가 허구한 날 막힌다는 건 시골집 강아지도 알만한 사실이 아닌가. 길을 걷다가 바닥에 버려진 빈 깡통에 발이 걸려 넘어질 뻔했다. "아니 미친. 누가 길바닥에 이런 걸 버렸어?" 물론 길바닥에 쓰레기를 버린 자도 잘못이지만 그것과 상관없이 거리를 잘 살피고 걸었다면 피할 수 있는 일이었다. 그 외에도 내가 남 탓하는 경우는 꽤 많이 있다.

"내 잘못이지 뭐"
헤어진 상대에 대한 평가는 '그 자식 완전 개새끼야'가 정석인데, 자신의 탓으로 시작하는 친구의 말은 그래서 남달랐다. 진짜 속마음까지는 알 길이 없지만 적어도 겉으로는 내 탓이 먼저 나왔다.

되짚어보면 일어난 모든 일에는 저마다의 원인이 명확히 존재한다. 모든 사건에 서로의 잘잘못을 냉정하게 따지고 우열을 가려내야 하는 것은 아니다. 그렇기 때문에 이번 일에는 내 잘못의 지분이 얼마나 되는지 깐깐하게 따져대는 것도 문제지만 무턱대고 남에게만 탓을 돌리는 것도 좋은 태도는 아니라는 생각이 들었다.

어떤 일의 원인에 '나'를 첫 번째로 두고 반성할 줄 아는 사람은 과연 염치가 있는 사람이다. 동시에 진정으로 자신을 사랑할 줄 아는 사람이다. 나는 완벽한데 이 사회가 문제야! 난 아무 잘못 없는데 그 자식이 문제였어! 모든 문제를 외부의 탓으로 돌리면 마음은 편하다. 그리고 정말이지 그런 것만 같아서 당장은 나를 지켜낼 수 있을지 모른다. 그렇지만 내가 '남 탓'에 앞서 '내 탓'을 연습하자고 다짐하는 이유는 어정쩡한 러브 마이셀프를 하고 싶지 않기 때문이다. 나의 잘못과 문제를 직면한 뒤에 결함까지 인정하고 사랑하는 진정한 러브 마이셀프를 하고 싶어서다. 일단은 바로 선 'myself'가 있어 줘야 Love를 하든지 말든지 할 거 아닌가.

상대에게 사랑받기 위해 자신을 속이거나 꾸미는 것은 오랜 관계 유지에 치명적이라고 한다. 있는 그대로의 모습을 보여주고 무리하지 않는 게 관계 유지에 무엇보다 중요하다는 말이다. 내가 나와 잘 지내기 위해서도 원리는 똑같다. 나는 내 삶의 주체자면서 동시에 목격자이기도 하다. 한순간도 나를 직면하지 않고는 살아갈 수가 없다 보니 숨기고 싶은 예쁘지 않은 모습도 고스란히 다 마주하게 된다. 밉고 못생긴 모습까지 사랑하기는 어렵지만 그럼에도 못난 모습까지 다 안아주고 싶다. 사랑받을 자격이 없는 하루를 살았더라도 나를 미워하지 않는 방향으로, 그저 존재 자체로 충분한 사람이고 싶다. 회피하지 않고 직면하고 받아들이는 것은 그래서 중요하다.

밉고 못생긴 모습까지 사랑하기는 어렵지만 그럼에도 못난 모습까지 다 안아주고 싶다. 사랑받을 자격이 없는 하루를 살았더라도 나를 미워하지 않는 방향으로, 그저 존재 자체로 충분한 사람이고 싶다.

배가 나온 날은
동작이 더 안돼요

발레 수업을 하러 가기 전에 밥을 먹을 것인가 말 것인가, 먹는다면 언제쯤에 얼마만큼 먹고 갈 것인가. 이것이 얼마나 중요한 사안인지 발레를 해 본 사람이면 알 수 있다. 어느 날 탈의실에 도란도란 앉아 수업을 기다리며 우리는 서로의 저녁 루틴에 관해 이야기를 나눴다. 속을 텅텅 비우고 오는 사람, 고구마나 닭가슴살 정도로 가볍게 먹는 사람 그리고 나처럼 완벽한 저녁 한 끼를 먹고 오는 사람. 크게 세 부류로 나뉘었는데 모두의 저녁 루틴이 달랐고 저마다 이유가 확고했다.

빈속으로 발레를 하러 온 수강생에게 "아니 세상에... 오늘 칼퇴 못했어요?? 아무것도 안 먹고 오면 어떻게 발레를 해요" 진심으로 걱정을 건넸지만, 그녀는 단호하게 말했다. "아휴, 저는 절대 뭐 먹고 오면 안 돼요. 저번에 한 번 밥 먹고 왔다가 중간에 집에 갈 뻔했어요. 토할 것 같더라고요." 너무나도 자신을 잘 아는 자의 확신이다. 그러게. 내가 밥을 안 먹으면 힘들다고 해서 저 사람이 똑같지 않을 텐데. 섣부르고 오지랖 넓은 걱정이었다. 반대로 그녀가 "아니~ 발레 하기 전에 밥 먹었어요? 토하면 어떡하려고~" 걱정해줬더라도 나는 틀림없이 다음에도 든든하게 밥을 먹고 올 것이다.

출퇴근하던 시절에는 땡!하고 칼퇴 후 학원에 도착해도 수업 30분 전이곤 했다. 밥을 먹고 소화하기엔 부족한 시간이라 공복으로 발레 수업을 해본 적도 있다. 처음에는 몸이 가뿐하다고 느꼈는데 뒤로 갈수록 어질어질하고 잘못하면 이대로 쓰러지겠다 싶었다. 그때부터는 무슨 일이 있어도 공복으로는 발레 수업을 가지 않는다. 퇴근 후 아예 회사 근처에서 밥을 먹고 출발하기도 했고 어쩔 수 없는 날에는 학원 앞 편의점에서 군고구마라도 사 먹었다. 편의점 창가에 서서 고구마를 급히 먹으면서 건너편 학원 건물을 바라보면 "아주 발레리나 납셨다 납셨어." 이런 소리가 절로 나온다. 누가 시킨 것도 아닌데 발레가 뭐라고 이렇게까지 하는 건지 조금 우습기도 했고.

 출퇴근이 없어진 후부터 나는 딱 2시간 전에 무겁지 않은 반찬으로 밥을 먹는다. 간혹 시간을 못 맞춰 30분만 늦어져도 확실히 속이 더부룩하고 시간 맞춰 먹더라도 허겁지겁 과식이라도 하는 날에는 몸이 확실히 무겁다. 그리고 그 결과는 고스란히 자태에도 나타난다. 오늘 좀 많이 먹었다 싶은 날에는 유난히 발레복 사이로 울퉁불퉁 튀어나온 배가 신경 쓰인다. 배가 볼록 나온 날에는 수강생들과 선생님께 미리 선전포고라도 하고 싶다. "하하. 오늘 제 배가 좀 많이 나왔죠? 이거 밥을 많이 먹어서 그런거거덩요? 원래는 이렇게까지는 안나왔거덩요..." 사실 아무도 관심이 없을 텐데 지레 먼저 고백하고 싶은 마음은 그냥 내가 그런 사람이기 때문이다.

 괜스레 먼저 나서서 설치고 싶다. 그러면 발레 하는 동안 덜 신경 쓰일 것 같아서. 차마 그러지 못하고 시작한 수업 내내 거울에 비친 모습에 계속 눈길이 간다. 원래도 못 하는 데 배 나와서 더 못하는 나를 겪고 나니 알맞은 식사가 얼마나 중요한지 몸소 알게 된다. 식사 루틴이 무너져 안 좋은 점을 따졌을 때, 볼록 나온 배가 심미적 이유라면 동작을 하면서 배가 아프다거나 특히 매트운동에서 윗몸 일으키기 할 때 우억! 하게 되는 불편함은 신체적 이유다.

 정말이지 사소해 보이지만 나에게는 무척이나 중요한 저녁 루틴은 결코 하루의 경험으로 결정되지 않았다. 꾸준히 발레 수업을 하면서 이렇게도 해보고 저렇게도 해보면서 적당한 지점을 찾게 되었다. 무엇보다 절대로 남이 알려줄 수 없다. 내 몸이 직접 겪어야만 알 수 있는 사실이다. 운동을 꾸준히 하면서 배우는 건 고작 발레 동작 몇 가지가 아니다. 이전에는 생각지도 않았던 부분에 눈이 뜨인다. 나에 대해서도 내 몸에 대해서도 속속들이 알 수 있는 시간을 켜켜이 쌓고 있다.

운동을 꾸준히 하면서 배우는 건 고작 발레 동작 몇 가지가 아니다. 나에 대해서도 내 몸에 대해서도 속속들이 알 수 있는 시간을 켜켜이 쌓고 있다.

아까 그 점프 이름 뭐였지?

새로운 동작을 배울 때마다 선생님은 이렇게 말한다. 이건 ○○○에요! 펜과 종이가 있는 수업이 아니다 보니 바로 받아적을 수가 없다. 마음속으로 몇 번이나 그 용어를 되새기고 수업이 끝나면 곧바로 휴대폰 메모 앱을 켠다. 메모는 대개 이런식으로 적힌다. "땅뒤에? 딴뒤에? 땅디에?" 요상하게 들리는 용어 여러 개와 물음표가 함께인 데는 다 이유가 있다. 그저 선생님이 말하면 소리 나는 대로 발음을 기억해서 적어 내려가기 때문이다. 발레 용어는 프랑스어라서 낯설고 기억하기도 어렵다. 교양수업으로 프랑스어에 발만 담갔다가 여성명사와 남성명사가 구별되는 단계에서 대차게 포기했던 나에게는 도무지 알 수 없는 영역이다. 저렇게라도 메모에 적히면 다행이다. 아무리 애써도 어떤 날은 아예 백지처럼 모음과 자음 그 어떤 소리도 떠오르지 않는다.

"땅뒤에? 딴뒤에? 땅디에?" 처럼 유추가능한 단서라도 적어낸 날은 바로 검색창을 연다. 운이 좋으면 연관검색어로 얻어걸려서 동작의 이름을 정확하게 찾아낼 수 있다. 그런데 철자를 바꿔가며 검색해도 검색 결과가 나오지 않는다면? 그럴 때는 마치 〈거침없이 하이킥〉의 윤호(정일우)가 된 것만 같다. 이별의 말로 전해 들었던 '회자정리'의 뜻을 몰라서 비슷한 단어로 열심히 검색해보던 윤호. 〈해자존니, 해자정리, 해자종니, 해자좋니, 해자조리, 해자적니, 혜자좋니, 혜자존리, 혜자적니....〉 들리는 소리 그대로 리스트를 뽑아놓고 수없이 검색해도 답을 찾지 못했던 윤호. 그렇지만 윤호에게는 없고 나에게는 있는 특별한 찬스가 있다. 바로 질문할 기회다. 발레를 시작하고 재밌어서 어쩔 줄 모르던 때에 〈레오타드를 입는 사람들〉 네이버 카페에 가입했다. 취미 발레인이 옹기종기 모여있는 곳이다.

동작이름 좀 알려주세요.

발음상으로는 분명 땅뒤에? 딴뒤에? 이런느낌이었거든요방향을 바꿔가면서 발은 탄듀랑 팔은 앙바 알라스콩 섞어가며 하는 동작의 연속같은거에요. 그리고 선생님이 설명해주실때 땅뒤에의 땅은 =time 을 뜻한다고 하셨어요.동작 이름 뭘까요?ㅜㅜ 알려주세요

두근두근. 지푸라기 잡는 심정으로 눈물을 붙여 글을 남겼는데 놀라운 일이 벌어졌다. 1분 만에 답글이 달린 것이다. 정답은 "땅리에"였다. 와, 이렇게 명쾌할 수가. 집단 지성의 힘이 얼마나 대단한지 반짝이는 순간이다. 〈거침없이 하이킥〉의 윤호도 사자성어 카페에 도움을 청했다면 어땠을까. '오늘 여자친구가 '해자존니?'라며 이상한 뉘앙스를 풍겼는데요. 설마 이별을 암시하는 말인가요?' 질문을 올렸더라면 누군가 1분 만에 '회자정리'라고 답해주지는 않았을까. 빛의 속도로 명쾌한 답변이 달리자 갑자기 욕심이 생겼다. 발레를 시작한 지 3개월쯤 됐을 때 일지에 적어둔 점프 이름을 찾기로 마음먹은 것이다. 배운 지 얼마 안 돼서 그런지 '단어+?' 조합의 유추할만한 단서 자체가 없다. 그저 조악하게 동작을 설명해 둔 기록만 있을 뿐. 조금 더 배우고 나서 일지를 보면 '아 ○○○을 설명한 거구나' 쉽게 동작의 이름이 떠오를거라 예상하고 적어둔 내용인데 도저히 모르겠다. 다시 한번 질문하기로 한다.

점프이름을 찾습니다.

저번주 부터 사선으로 죽 발을 디디면서 나가는 점프를 배웠다. 그리고 어제는 꽃게처럼 서서 옆으로 발을 너덜거리며 움직이는 점프를 배웠다.

일지에 이렇게 써두었는데, 도대체 무슨 점프일까요?

"땅리에"를 찾을 때는 신속하고 명쾌했는데 이번에는 조금 달랐다. 단서가 적으니 대체로 '사선은 ○○, 꽃게는 ○○ 아닐까요?' 조심스럽게 유추하는 답변이 많다. 정답 후보군으로 등장한 많은 용어 사이로 기억을 되짚어보니, 사선 점프는 '샤쎄', 꽃게 점프는 '글리사드'인 게 생각났다. 사실, '샤쎄'와 '글리사드'는 더 이상 일지에 기록해 둘 필요가 없는, 이름도 동작도 다 외우고 있는 점프 동작이다. 몇 년 동안 반복해서 배우던 동작이기 때문에 이제는 헤매지 않고 기억할 수 있다. 물론 동작을 제대로 구현해 내는 것과 용어를 외우는 것이 세트로 비례하지 않는 점은 아쉽지만 말이다. 새로운 동작을 배울 때마다 발레 용어가 도무지 친숙하지 않다는 사실은 신기하고 새삼스럽다. 마음먹고 프랑스어를 배우지 않는 한 계속되겠지. 얄팍하게라도 알아야 가늠이 되는 거지, 생판 모르는 분야는 대충 아는 척을 하기도 어렵다는 것을 느낀다. 한 분야를 제대로 알려면 평생으로도 모자란다고 하지만, 전혀 모르던 분야를 대충이라도 알게 되기까지의 과정도 결코 허투루 되는 것은 아니다. 그래서인지 3년 가까이 배웠음에도 여전히 발레를 잘 안다고 말하지 못하겠다.

얄팍하게라도 알아야 가늠이 되는 거지, 생판 모르는 분야는 대충 아는 척을 하기도 어렵다는 것을 느낀다. 전혀 모르던 분야를 대충이라도 알게 되기까지의 과정도 결코 허투루 되는 것은 아니다.

이번주도 무사히 보냈습니다.

작가 수지 문지기

지난 일의 의미를 파악하고 싶어 글을 씁니다.
읽는 사람이 당장 제 글에 공감하지 않더라도,
여운이 남는 무언가를 전하고 싶습니다.

이번주도 무사히 보냈습니다.

중학생의 권태

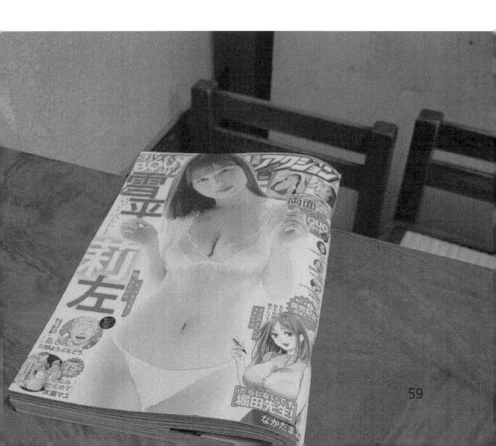

3월 13일 맑음

또, 일본 누드 잡지를 가져다 내게 내민다. 시시하다. 여자 몸을 보며 떠드는 건 애들이나 하는 짓인데, 친구들은 그걸 알지 못한다. 나는 벌써 중학교 2학년, 14살이다. 할머니 말에 따르면, 예전에는 색시를 얻어 장가갈 나이이다. 어엿한 어른인 것이다. 그래서인지 한때 즐겨했던 놀이도 땅기지 않는다. 인목이와 NBA 농구를 흉내 내던 것도, 미용실 여자아이와 몰래했던 검은 별 놀이도 이제 흘러간 추억이 되었다. 어제는 철환이가 집에 찾아와 한참 동안 날 불렀지만 대꾸하지 않았다. 홀로 조용히 사색하고 싶었으니까.

확실히 2학년이 되자 많은 게 변했다. 작년 겨울 12cm 넘게 크면서 세상을 내려볼 수 있게 되었다. 나를 '땅꼬마'라고 놀려대던 애들도 이젠 날 존경으로 대한다. 지난 주일 혼자 성당에서 성가 연습을 하는데 누군가 말을 걸었다.

"스스무?.. 맞아??"
"안녕!"

1학년 때 같은 반인 한희였다. 교복 치마를 짧게 줄이고, 반짝이는 속눈썹을 붙이고 다니던 아이. 날 어린애 대하듯 무시했는데, 그날은 옆에 붙어 한참을 떠들었다. 그리곤 떠나기 전 민트 초콜릿을 손에 쥐어줬다. 쯧쯧, 이 빤한 속셈을 보라지. 나는 아무래도 중학생과 있기엔 너무 커버린 것 같다.

변한 건 몸뿐만이 아니다. 드러내진 않지만 내 속에는 새로운 지혜가 싹트는 중이다. 신부님의 이야기는 이제 졸립기만 하다. 세상은 말씀이 아니라 위선으로 둘러 싸인 것 같다. 주일학교 선생님은 내가 사랑받기 위해 태어났다고 했는데, 작년까진 전혀 그렇지 않았다. 그러다 올해 겉모습이 아름다워지자 성가대에 들어와라, 여름 피정을 함께 가자며 불러주는 사람이 많아졌다. 한희가 준 초콜릿처럼 세상이 친절해지기 시작한 것이다.

"

내가 그의 이름을 불러주기 전에는
그는 다만
하나의 몸짓에 지나지 않았다.

내가 그의 이름을 불러주었을 때,
그는 나에게로 와서
꽃이 되었다.
"

나는 올봄 처음으로 꽃으로 피었다. 그럼 전에는 뭐였지? 이름 모를 고양이였나? 어른들은 진실 대신, 마음에 없는 착한 말을 하며 날 가리키려 든다. 누굴 바보로 아나. 나도 이제 다 큰 남자라, 그런 속임수엔 넘어가지 않는다고.

첫 일기를 쓰다 보니 시간이 너무 흘렀다. 벌써 밤 11시. '난장이가 쏘아 올린 작은 공'을 몇 장 읽고 자야지. 내일은, 오늘보다 지혜로워지길.

나는 올봄 처음으로 꽃으로 피었다. 그럼 전에는 뭐였지? 이름 모를 고양이였나?

이번주도 무사히 보냈습니다.

악마를 보았다

3월 17일 비

  우리 가족은 상처가 많다. 보이지 않는 마음의 상처가 아니라, 숨길 수 없는 육체의 결함이다. 말하자면 장애인 가족이다.

  아빠는 왼쪽 다리를 절뚝 거린다. 내 나이즈음에 기차에서 달걀, 맥주 등이 담겨있는 음식카트를 운반하다 선로에 떨어졌다고 한다. 다친 다리는 내 팔뚝보다 얇아서 마치 황새 다리 같다. 옷에 가려져 티나진 않지만, 걷기 시작하면 몸은 위아래로 흔들리고, 술 취한 날은 항상 왼쪽으로 쓰러진다. 그러면 아빠는 "어후우.." 라는 한숨을 내쉰 뒤, 오른손으로 바닥을 짚고 오른 다리부터 비틀거리며 일어난다.

  엄마도 다리에 문제가 있다. 화상이다. 청파동에 있는 작은 봉제 공장에서 불이나, 뜨거운 섬유원료가 다리 위로 떨어져 그대로 굳어버렸다. 발목부터 무릎까지, 지렁이 여러 마리가 꿈틀대는 것 같은 상처가 있다. 나는 자주 봐서 아무렇지 않지만, 가끔 오는 친척들은 얼굴을 찌푸리곤 한다. 그러면 엄마는 소리 없이 장롱을 뒤져, 두꺼운 검정스타킹과 양말을 꺼내 다리를 감춘다.

  그래도 우리 가족이 소외감을 느낀 적은 별로 없다. 동네에는 장애를 가진 사람이 많아서, 서로의 상처를 모른 척해주기 때문이다. 누구도 아빠를 절뚝이라 부르지 않고, 나도 말 못 하는 연탄집 아들을 벙어리라고 놀리지 않는다. 외모는 추해도 따뜻한 마음을 가진 공동체, 그게 우리 마을이다. 하지만 마을을 벗어나면 전혀 다른 세상이 펼쳐지는데, 오늘 난 학교를 마치고 집에 돌아오다 악마를 마주했다.

약한 봄비가 흩날리고 있었다. 나는 농구공이 들어있는 가방을 어깨에 메고, 문방구에서 컴퓨터 게임을 하고 있었다. '웅성웅성', 교문에서 소란스러운 소리가 들렸다. '남자 애들이 뛰노는 거겠지' 하며 무시했는데, 소리는 갈수록 요란해지고 함성까지 터져 나와 고개를 돌려 바라봤다. 한 여자아이가 서너 명 즈음되는 남자 애들에게 놀림을 당하고 있었다. 남자애들은 우산 끝으로 여자아이 팔에 난 붉은 반점을 콕콕 찌르며, "파충류, 도마뱀 같은 년"이라 돌아가며 욕했다. 여자애가 도망가면 빠르게 달려와, 그녈 원처럼 둘러싼 후 악마의 놀이를 반복하고 있었다. 놀랍게도 모욕당하는 소녀는 누나였다.

나는 고민했다. '누날 도와야 할까? 별로 친하지도 않은데.. 저렇게 놀리다 금방 그만두지 않을까?' 하며 바라봤다. 하지만 기대는 보기 좋게 깨졌다. 누나가 지쳐 도망가는 걸 포기하자, 주변에 있던 초등학생까지 괴롭힘에 가세했다. 누날 둘러싼 원은 점점 커지고, 흥겨운 함성소리가 거리를 뒤덮었다.

'아.. 인간은 역시 악마인가?'.

나는 참을 수 없었다. 원을 헤집고 들어가 초등학생의 대가리에 농구공을 던졌다. 꼬마는 한방에 나가떨어지고 웅성거림은 정적으로 바뀌었다. 괴롭히던 애들 눈엔 두려움이 보였다. '이런 일이 없으려면 주도했던 놈을 손 봐줘야 해', 나는 주모자인 3학년 멸치를 바닥에 내동댕이쳤다. 그리고 녀석의 우산을 거꾸로 들어, 손잡이 부분으로 주둥아리를 치기 시작했다. 평생의 상처를 몸에 새겨주고 싶었다. 뱀처럼 더러운 붉은 피가 뿜어져 나왔다. 계속 내리치자, 하얗고 딱딱한 것도 튀어나왔다. 나는 멸치의 앞이빨을 모두 깨버린 후 심판을 멈췄다. 그리고 누나를 데리고 그곳을 빠져나왔다.

누나는 계속해서 울먹였다. 짜증이 났다. 누나의 징그러운 붉은 반점도, 놀리는 애들도, 그리고 사람을 때린 나 자신도 모두 역겨웠다. 또 다른 괴롭힘을 막으려 했다지만, 실은 내 안의 악마를 주체하지 못했을 뿐이다. 난 이 악마가 커질까 두려웠다. 아빠처럼 "어후우.."라는 한숨을 내쉰 뒤, 누날 바라봤다. 여전히 울고 있었다.

"그만 울어. 엄마가 걱정하니까. 그리고 울어봤자 아무것도 해결 안돼. 누가 또 괴롭히면, 차라리 이 칼로 그어버려 알겠지?", 가방에서 커터 칼을 건네며 대답을 강요했다.

"응..."
"이제 집에 가자."

우린 마을로 향했다. 3월의 짧은 해가 지고 있었고, 나는 내 안의 악마에게 지고 있었다.

실은 내 안의 악마를 주체하지 못했을 뿐이다. 난 이 악마가 커질까 두려웠다. 아빠처럼 "어후우.."라는 한숨을 내쉰 뒤, 누날 바라봤다.

혼자 있는 시간

3월 21일, 바람 심함

정학 15일, 방과 후 교무실 청소 15일.

 멸치를 때린 결과이다. 나는 보름 넘는 자유 시간을 가지게 되었다. 새로운 봄 방학이 시작된 것이다. 무얼 할까 고민하다 처음 며칠은 도서관에서 소설책을 빌려 읽었다. 시간이 많으니까, 한두 페이지 읽고 주인공 모습을 그려보고, 나라면 어떻게 했을까 상상도 해보았다. 혼자서 여유롭게 지내는 방법을 발견한 것이다. 하지만 얼마못가 지루해졌다. 수업 중에 몰래 보던 만화책의 재미를 따라갈 수 없었다. 역시 책을 읽고 사색하는 건, 바쁜 와중에 짬을 내 하는 게 좋은 것 같다.

 오후 2시가 되면 혼자 집에 남게 된다. 아빠는 새벽에 장사하러, 누나와 엄마도 학교와 방직공장으로 떠난다. 엄마는 11시 정도에 내가 먹을 점심을 준비한 후 나가는데, 그 밥을 먹고 치우면 딱 2시가 된다. 평일 오후 2시는 모두 죽은 것처럼 조용하기만 해서, 집에 찾아오는 사람도 없고, 아침저녁으로 울어대던 옆집아이 소리도 들리지 않는다. 다 어디로 간 걸까, 그리고 무얼 하고 있는 걸까. 갑자기 작년 겨울 마당에서 얼어 죽은 백구가 생각났다. 내가 만든 개집에서 잠을 자다, 실수로(아니면 의도였는지..) 집 밖을 빠져나와 차가운 땅바닥 위에서 죽어가던 아이. 작은 몸 위에 하얀 눈이 쌓이고, 그 옆에는 찬바람을 막으려 입구에 세워뒀던 무거운 부동액이 쓰러져 있었다. 따뜻하게 목욕시키면 살아날까. 대야에 물을 받아 백구를 담그고 얼굴부터 다리까지 주물렀지만, 녀석은 약하게 꼬리를 몇 번 흔든 후 죽고 말았다. 힘든데 왜 꼬리를 흔들었을까. 날 좋아했던 걸까. 백구가 오늘 있었다면 마당과 뒷산을 함께 달리고, 웨하스 과자를 나눠 먹었을 텐데. 그럼 선물 같은 이 시간이 계속되길 바랐을 텐데.

 더 이상 집에 있지 못하고 무작정 밖으로 나갔다. 자주 가던 농구장에 들렸다. 비어 있었다. 성당도 문만 열려있지 성가대 친구도 주일학교 선생님도 보이지 않았다. '이제 또 어디로 가야 하나', 막막했다. 가끔 조퇴를 하고 일찍 집에 올 때와 비슷한 시간이었지만, 그때 느낀 평화로움 대신 스산한 적막만이 흘렀다. 세상에 나밖에 없는 것처럼 느껴졌다. 이 쓸쓸함, 이 쓸쓸함을 없애려면 어떻게 해야 할까?

녀석은 약하게 꼬리를 몇 번 흔든 후 죽고 말았다. 힘든데 왜 꼬리를 흔들었을까. 날 좋아했던 걸까.

아빠와 떠난 장사

이번주도 무사히 보냈습니다.

3월 22일, 맑지만 바람

"고무 다라이가 왔어요. 김장할 때, 애들 목욕시킬 때 쓰기 편한 다라이입니다. 농사 물을 받아 놓을 수 있는 대형 고무통도 있습니다. 밖에 나와 보세요. 다라이가 왔어요". 오늘 나는 아빠를 따라 장사하러 나왔다. 1.5톤 트럭뒤에, 다양한 크기의 붉은색 대야를 싣고 시골 마을을 지나는 중이다. 지금 시간은 11시, 아직 한 개도 팔지 못했다.

어제저녁 아빠가 안방에서 마이크를 만지작 거리는 걸 봤다. 처음엔 얼마 전에 산 노래방 기기를 트는 건가 했는데, 장사에 쓸 홍보용 테입을 녹음하는 중이었다. 전축과 마이크를 작동시키고, 종이에 적은 장사 멘트를 조심스레 읽고 있었다. 그런데 아빠는 녹음이 어색한지 계속 실수했다. 혀가 꼬이기도 하고, 멘트를 건너뛰기도 해서 30분 넘게 일을 못 끝내고 있었다.

"아빠, 내가 할게. 마이크 이리 줘."

나는 마이크를 뺏어 다양한 버전으로 녹음을 진행했다. 이목을 끌기 위해 사투리도 넣어보고, 유명 개그맨 흉내도 내보았는데 영 이상해서, 그냥 평범한 달걀장수 톤으로 마무리했다. 그리고 전축의 구간반복 기능을 이용해, 1시간짜리 홍보 테이프를 만들었다. 아빠는 내 기술력에 깜짝 놀라했다. 1시간 동안 줄곧 녹음할 생각이었는데, 10분 만에 테잎이 완성 돼버렸으니까. 저녁 식사 후, '내일 할 일 없으면 장사나 같이 가자'라고 말하셔서, 알겠다고 했다. 어제처럼 혼자 있는 것보단 장사가 나을 것 같았다. 그래서 오늘 새벽, 엄마가 싸준 도시락과 보온병을 챙겨 아빠와 함께 길을 떠났다.

물건을 하나도 못 팔아서였을까, 장사는 단지 지루한 행위의 반복 같았다. 처음에 우린, 도로를 달리다 샛길로 빠져 작은 마을로 들어선다. 보통 마을 중심부엔 경로당이나, 사람들이 모여 쉬는 마을 회관이 있는데, 그곳에 차를 정차한 후 광고 방송을 시작한다. 확성기를 통해 내가 녹음한 목소리를 퍼뜨리며, 잠시 사람을 기다리는 것이다. 그러다 반응이 없으면, 동네 구석구석을 돌아다니며 손님을 찾아 헤맨다. 그리고 또 다른 동네로 이동. 이게 기본 패턴이다. 가끔 까칠한 주민을 만나면, 확성기 소리를 줄이기도 하는데 그것 말고는 변하는 게 없다.

세 번째 동네에 들어서자, 이제 그만 집에 가고 싶어졌다. 손님은 한 명도 없고, 확성기 소리엔 지지직하는 소음이 껴있어 갈수록 신경에 거슬렸다. '아빠는 이 일이 지겹지도 않나?' 하며 바라봤는데, 무표정하게 핸들만 돌리고 있었다. 아빠는 누구에게도 속마음을 터놓지 않아서, 얼굴만 봐선 무슨 생각인지 알 수가 없다. 고무 다라이 전에는 달걀을 팔았고, 그전에는 박카스 같은 드링크제를 공장에서 덤핑으로 떼와 약국에 넘겼다. 아빠가 밤늦게 오토바이에 박카스를 잔뜩 싣고 오면, 온 가족이 조심스레 물건을 창고로 옮기던 모습이 생생하다. 나는 못 봤지만 결혼 전에는 기차에서 달걀이나 콜라를 팔았다고 하니, 일평생 물건을 이곳에서 저곳으로 보내며 살아온 것 같다. 거리에서 많은 시간을 보낸 아빠에게, 트럭에 앉아 장사하는 건 어쩌면 가장 쉬운 일인지도 모른다, 하는 생각이 들었다.

결국 오전엔 판매에 실패했다. 아빠와 난 동네 사당나무 밑에 자리 잡고 점심을 먹었다. 3월인데도 도시락은 차가워서 보온병의 따뜻한 물을 밥에 말아먹었다. 내가 좋아하는 동그랑땡도 있어서 마치 소풍을 나온 것 같았다. 아빠는 평소처럼 5분 만에 밥을 먹은 뒤 차로 들어갔다. 그리고 보조석에 앉아 땀 냄새가 찌든 수건을 베개로 삼고, 유리창에 다리를 올려 자기 시작했다. 난 그 모습이 싫었다. 자세도 천박스러워 보였고 아빠의 상처입은 다리가 드러나는 게 불편했다. 나는 밖에서 차 안을 볼 수 없도록, 파란 가림막을 유리창 위에 덮은 후, 운전석에 앉아 잠을 잤다.

잠시 후 아빠가 날 깨웠다. 시간은 벌써 2시. 우린 가림막을 해체하고 서둘러 새로운 마을로 떠났다. 그곳에서 처음으로 물건을 팔았다. 바가지만 한 크기의 소형 상품이 인기였다. 하지만 저렴한 제품이라, 남는 게 별로 없었고 아빠는 시큰둥하기만 했다. 마지막으로 집 근처 마을에 들렀을 땐, 이미 어두워지고 있었다. 우린 확성기 소리를 줄인 채 차를 움직였다. 한 바퀴만 빨리 돌고 갈 요량이었다. 그때 농사를 마치고 돌아온 할아버지가 차를 세우더니, 아빠와 몇 마디 나누고 트럭에 올라탔다. 혼자서 다라이 4개를 산 것이다, 그것도 가장 큰 물건으로. 우린 할아버지의 집과 논 그리고 외양간에 다라이를 건네준 후 20만 원을 받았다. 장사의 끝에 갑자기 부자가 되었다.

아빠는 확성기를 끄고, 평소 좋아하던 배호의 테입을 찾아 틀었다. '비 내리는 명동 거리'가 스피커에서 흘러나왔다. 단조로운 리듬과 유치한 가사밖에 없는 철 지난 곡을 아빠는 따라 부르기 시작했다. 기분이 좋았는지 집에서 부를 때 보다, 더 구슬프게 더 소리 높여 불렀다. 그렇게 한곡을 완창하고 난 뒤, 눈감고 쉬던 내게 말했다.

"롯데리아에 가서 햄버거 좀 사가자."

나는 3만원을 가져가 햄버거, 감자튀김, 콜라 그리고 아이스크림을 샀다. 군것질 거리를 가지고 집에 들어서자, 누나가 냄새를 맡고 방에서 나왔다. 엄마는 거실에 상을 펼친 후 음식을 하나둘 올렸다. 그 상태로 아빠를 기다렸는데, 한참 동안 오지 않아 밖으로 나가봤다. 아빠는 내일 비가 온다는 뉴스를 듣고, 고무 다라이를 파란 가림막으로 덮고 있었다. 나는 아빠를 도와 가림막을 펼치고, 바람에 날아가지 않게 두꺼운 줄로 고정했다. 아빠는 마지막으로 트럭을 한 바퀴 돌아본 뒤, '이제 됐다.' 하며 집으로 들어갔다. 나는 잠시 트럭 옆에 서 있었다. 그리고 가림막을 보며 생각했다. 저 가림막이 소중한 다라이를 지켜주기를, 그래서 우리 가족이 지금처럼만 행복하길 기도했다.

거리에서 많은 시간을 보낸 아빠에게, 트럭에 앉아 장사하는 건 어쩌면 가장 쉬운 일인지도 모른다, 하는 생각이 들었다.

이번주도 무사히 보냈습니다.

작가 김명진

이것저것 하고 싶은 것이 많아요!
그 중에서도 지금은 글쓰기에 도전 중입니다.
아직은 많이 부족하지만 글을 잘 쓰기 위해 노력하는 중이에요.
앞으로도 글쓰기를 포함하는 내가 좋아하는 모든 것에
지치지 않고 도전하고 싶습니다.

이번주도 무사히 보냈습니다.

팔씨름 왕 정복기

누구나 한번씩은 겪게 되는 중2병. 그 시절 나는 보통의 여학생들과는 조금 다른 방향의 중2병을 겪게 되었다. 왜소한 체격에 비해 어쩐 일인지 나는 팔씨름은 곧잘 했다. 여학생들 중에서는 나를 이길 수 있는 친구들이 몇 없었는데 그런 나의 모습을 보며 호기심을 느낀 남학생들이 하나 둘 씩 도전을 해왔다. 중학교 1~2학년때는 남학생들보다 여학생들의 2차 성징이 더 빠른 시기다 보니 그랬는지는 몰라도 정말 힘이 센 남학생 몇 명을 빼고는 웬만한 남학생들은 다 이길 수 있었다.

그 중, 내가 팔씨름을 잘한다는 사실이 학년 전체로 알려지며 이슈가 되었던 사건이 하나 있었다. 중학교 1학년때 같은 반 남학생들 중에서도 덩치가 조금 큰 친구가 있었는데 어느 날, 그 친구와 내가 팔씨름을 하게 되었다. 아무래도 덩치가 크게 차이 나다 보니 다들 당연히 내가 질 거라고 생각했는데 반전으로 내가 이겨버린 것이다. 내가 그 친구와 팔씨름을 하는 모습을 보며 담임 선생님은 (남자 분이셨다.) 내 힘이 어느 정도인지 궁금했는지 본인하고도 팔씨름을 해보자고 하셨고 당연히 내가 졌지만 팔씨름이 끝난 후 담임 선생님은 조용히 "얘는 팔 힘을 쓸 줄 안다"고 말씀하셨다. 그렇게 나는 보기와는 다르게 힘 꽤나 쓰는 작은 여자애로 이름을 날렸다. (그 힘이 지금은 어디로 간 것일까…?)

그렇지만, 이런 나의 힘도 중학교 2학년 말부터 전세가 역전되기 시작했다. 그도 그럴 것이 시간이 지나면서 남학생들의 힘이 점점 세진 것이다. 지금이야 당연하고도 어쩔 수 없다는 것을 알고 있지만 그 당시의 나에게는 용납할 수 없는 일이었다. 나보다 분명 힘이 약했는데 이제는 거의 비등해지고 심지어 내가 질 것 같은 상황이 뭔가 억울(?)했던 거다. 나는 왜 여자로 태어난 것인가! 여자로 태어나 선천적으로 남자보다 힘이 약할 수밖에 없는 사실이 너무 분했다.

 그래서 팔씨름을 더 잘하기 위해 집에서 혼자 운동을 하기 시작했다. 팔씨름을 어떻게 하면 더 잘할 수 있는지에 대한 전문 지식은 없었지만 막연하게 팔 힘이 세지면 더 잘할 수 있을 거라는 생각에 밤마다 집에 있던 아령을 들었다. 팔 굽혀 펴기도 하루에 5개씩 개수를 늘려가며 팔 힘을 기르기 위해 노력했다. 그 당시 나에게는 팔씨름을 잘한다는 것이 나를 증명하는 수단 중 하나였고 팔씨름을 잘하면 잘할 수록 주위에서 받는 관심이 내심 좋았던 것 같다.

 하지만 이런 나의 노력이 무색하게도 남학생들과 나의 힘 차이는 시간이 지날수록 더욱 커져만 갔고 결국에는 내가 아무리 애를 써도 이길 수 없겠다는 생각이 들었다. 그렇게 남자와 여자의 힘의 차이를 인정하고 받아들이게 되었다.
 그때부터는 남학생들과 무리하게 팔씨름을 하는 것이 아니라 그냥 여자 중에서 팔씨름 왕이 되는 것으로 만족을 했다. 내가 극복할 수 없는 신체적 차이를 인정하고 나니 무리하지 않아도 나를 증명하는 것에 만족을 할 수 있던 것이다.

 최근에 팔씨름을 할 일이 생겨 오랜만에 팔씨름을 해봤다. 지금껏 내 팔목을 잡고 팔씨름을 이겼던 남자는 없었는데 세월이 많이 흐른 것인지 도저히 옛날과 같은 힘이 나오지 않아 상대는 내 팔목을 잡았는데도 불구하고 바로 지고 말았다. 그렇게 나는 1패를 하나 더 적립했다.
 뭔가 자존심이 상하는 것을 보니 내 중2병이 다시 도지려나 보다. 팔 운동을 앞으로 더 열심히 해야겠다.

담임 선생님은 조용히 "얘는 팔힘을 쓸 줄 안다"고 말씀하셨다. 그렇게 나는 보기와는 다르게 힘 꽤나 쓰는 작은 여자애로 이름을 날렸다.

작고 소중해

"자 모두 손등이 하늘로 향하게 해서 주먹을 쥐어볼까요~? 뼈가 튀어나온 부분부터 1월로 시작해서 뼈가 솟은 부분은 31일, 뼈가 움푹 들어간 부분은 2월 제외하고는 30일이에요~"

선생님의 말씀에 따라 내 손등뼈를 하나씩 세어 봤는데 뭔가 이상한 부분을 발견했다. '어라? 나는 왜 새끼손가락 쪽에 뼈가 없지?' 내 손등은 새끼손가락 손등뼈(?)가 있어야 할 자리에 움푹 들어간 빈 곳만 존재했다. 나는 지금까지 자세하게 볼 일이 없던 내 새끼손가락을 살펴보았다.

"음… 뭔가 이상한 것 같기도 하고…? 야 너 손 좀 보자"
옆에 있던 짝꿍의 손과 비교해보니 짝꿍은 새끼손가락이 약지와 한마디 정도 차이밖에 나지 않는데 나는 거의 두 마디 정도 차이가 있었다. 그제야 내 새끼손가락이 보통 사람들보다 작다는 것을 깨닫게 되었다. 나는 새끼손가락이 너무 작아서 원래 손등뼈가 있어야 할 자리는 움푹 들어가고 그 위치보다 앞쪽에 손등뼈가 자그맣게 자리하고 있다.

내가 가지고 있는 병명은 단지증으로 손가락이나 발가락을 구성하는 뼈는 모두 존재하지만, 이들 중 일부가 병적으로 짧은 질환이라고 한다. (사실 실생활에서는 크게 지장이 없어서 병명이라고 하기에도 조금 그렇다) 큰 병원에 가서 검사해보니 나는 선천적으로 새끼손가락 성장판이 없는 기형을 가지고 태어났고 그래서 새끼손가락이 아주 어린 시절에 조금 자라다 만 거라고 했다. 그래서 아주 앙증맞고 귀엽게 생겼다.

단지증을 해결하려면 수술하는 방법밖에는 없는데 그 방법이 조금 잔인하다. 새끼손가락의 첫 마디를 살짝 절단해서 거기에 기계를 끼워 넣고 나사를 매일 조금씩 돌려서 늘려가는 방법인데… 사실, 새끼손가락이 손가락 중에서 그리 큰 비중을 차지하는 것도 아니고 생활하는 것에 큰 어려움은 없어서 수술은 절대 하지 않을 거라며 고개를 절레절레 저었다. (알고 보니 키를 늘리는 수술도 이와 같은 방법이라고 한다)

실생활 하는 것에는 큰 문제가 없지만 내가 겪은 소소한 불편함 몇 가지가 있다. 먼저, 나는 중학교 입학 전까지는 피아노 학원에 다녔는데 그때 곡을 하나 칠 때마다 한 옥타브, 즉 도에서 도까지 같이 쳐야 하는 부분이 있으면 그게 정말 간신히 닿아서 새끼손가락이 찢어지는 것 같은 고통을 느꼈다.

그리고 가끔 세수를 격하게 할 때, 새끼손가락에 힘이 잘 안 들어가서 자유분방하다 보니 의도치 않게 새끼손가락이 내 콧속을 강타할 때가 있다. 어쩜 크기도 딱 맞는지… 코피가 난 적도 있어서 내 코 건강을 위해 격하게 세수하진 않으려고 노력한다. 이렇게 실생활에서 불편한 점을 몇 가지 쓰고 보니 정말 크게 문제가 되지 않고 소소하고 귀여운 불편한 점들인 것 같다.

불편한 점을 적어봤으니 이제 좋은 점들을 적어보도록 하겠다. 첫 번째로 작고 귀엽게 생겼다 보니 사람들이 많이 귀여워해 준다. 특히 내 친한 친구들은 나와 손가락을 걸고 약속하는 것을 굉장히 좋아한다. 마치 어린아이와 약속하는 것 같다는 느낌이 든다며 생각날 때마다 나와 약속하자고 조르곤 한다.

또 좋은 점은… 그냥 귀엽다! 귀여운 게 좋다. 귀여운 게 최고다!

단지증이라는 병을 가지고 있지만 나는 작게 태어난 내 새끼손가락을 싫어하거나 불편하다고 생각하기보다는 작고 소중한 것으로 생각한다. 뭐든지 나쁘게 생각하기 보다는 긍정적으로 생각하는 것이 나에게 더 이롭다는 사실을 새삼 내 새끼손가락을 보며 다시 한번 느낀다.

또 좋은 점은… 그냥 귀엽다!
귀여운 게 좋다. 귀여운 게 최
고다!

친구와 시누이 그 사이

"你好！ 我叫胡佳茜，我是你的语伴。

모든 것이 낯설었던 중국 유학생 시절. 잔뜩 긴장해 있는 나에게 예쁘장한 한 여자애가 수줍게 인사를 건넸다. 학교에서는 유학생들에게 모두 언어 파트너 개념으로 한 명씩 중국인 학생들을 짝지어줬는데 이 친구가 나의 语伴(위빤, 언어 파트너)이었다.

친구의 이름은 胡佳茜. 한국어로 읽으면 호가천이다. 가천이는 그 당시, 중국어 교육학과의 2학년 학생이었고 한국인인 우리의 입장에서 봤을 때, 조금은 촌스러웠던 다른 학생들과는 달리 굉장히 한국인답고 예뻤다. 가천이는 내 1년 동안의 중국 생활에서 전반적으로 많은 도움을 주었고 나와 가천이가 함께 하는 시간 동안 우리는 국적은 다르지만 비슷한 점이 많다는 것을 느끼며 더욱 가까운 친구 사이가 되었다.

하지만, 영원할 줄 알았던 우리의 우정은 내 동생 때문에 큰 고비를 맞게 되었다. 17년 겨울, 중국 유학 생활을 마치고 한국으로 돌아간 나를 만나기 위해 가천이가 한국 여행을 왔다. 나는 그런 가천이를 데리고 서울, 전주, 부산을 여행했다. 15일간의 여행이 끝나고 중국으로 돌아가던 날 공항에서 우연히 몽골로 여행을 떠나던 내 남동생을 만났다. 가천이가 한국에 처음 왔을 때는 남동생이 필리핀에서 어학연수를 하던 중이라 만날 기회가 없었는데 어떻게 그렇게 시간이 맞아서 공항에서나마 짧게 인사를 하게 된 거다. 그런데 이 첫 만남이 계기가 되어 이 둘이 연애하게 될 줄은 아무도 몰랐다.

벌써 가천이와 남동생은 5년째 연애를 하는 중이다. 처음에는 둘이 금방 헤어질 줄 알았다. 왜냐면, 가천이는 한국말을 잘 못했고 남동생은 중국어를 정말 하나도 할 줄 몰랐기 때문이다. 하지만 그 둘은 한국어, 중국어, 영어를 써가며 대화했다. 또, 그들에게는 중국과 한국이라는 장거리 연애 리스크도 있었는데 가천이가 중국에서 대학교를 졸업하고 한국 대학원에 진학하게 되며 한국에서 살게 되어 둘은 더욱 끈끈한 사이가 되어버렸다.

많은 사람이 남동생의 연애 히스토리를 들으며 나에게 친구와 남동생이 사귀는 것을 보면 기분이 어떠냐고 많이들 물어보는데, 솔직하게 말하면 기분이 썩 유쾌하지는 않다. 내 혈육의 연애… 그다지 많이 알고 싶지도 않고 관여하고 싶지도 않다. 모르고 사는 것이 가장 속 편한 것 같다. 하지만, 가끔 가천이가 나에게 연애 고민 상담을 할 때는 어쩔 수 없이 그들의 연애사를 듣게 된다. 근데 진짜 이게 이상한 게… 이런 게 시누이의 마음인지는 모르겠지만 친구가 욕하는 남자친구가 남동생인 것이 기분이 아주 묘하다. 마냥 친구 편을 들어주지도 못하고 그래도 핏줄이라고 남동생 입장에서 생각을 하게 되는 경우가 있다.

그리고 자기 여자친구만 생각하며 엄마를 잘 챙기지 않는 남동생을 가끔 볼 때면 이러면 안 되는 것을 알지만 가천이가 가끔 밉다. 물론 잘못한 것은 멍청하고 센스 없는 내 남동생일 텐데 왜 자꾸 그런 마음이 드는지 모르겠다. 이런 내 마음이 티가 난 것인지 아니면 자기도 내가 이제 친구에서 남자친구의 누나가 되어 버린 것이 불편한 것인지 최근 우리 둘의 사이는 거리가 많이 벌어졌다. 하지만 우리 둘 중 그 누구도 서로에게 먼저 손을 뻗지 않는다.

이제 가천이는 조만간 대학원을 졸업하고 중국으로 돌아간다고 한다. 처음 한국에 왔을 때 나에게는 한국에서 한국 남자랑 결혼해서 살고 싶다고 했는데 이제는 중국에서 살고 싶단다. 철없는 남동생은 가천이가 중국에 가고 싶다고 했다고 그저 가천이 따라 중국에 가고 싶어서 중국 대학원을 진학한다고 한다. 이런 상황을 지켜보며 나는 다시 생각한다. 우리 사이가 다시 이전의 친구 사이로 돌아갈 수 있을까?

이런 게 시누이의 마음인지는 모르겠지만 친구가 욕하는 남자친구가 남동생인 것이 기분이 아주 묘하다.

끈질긴 이별

세상에 쉬운 이별이 어디 있겠냐마는 나에게는 유독 이별하는 것이 버겁다고 느껴진다. 그래서일까? 나는 항상 이별의 기간이 남들보다 길었다. 이별의 기간이 길다는 것은 상대방이나 내가 이별을 고하고 나서 실질적으로 이별을 하기까지의 그 보류 기간이 길다는 것이다. 보통 사람들이 이 말을 들으면 '헤어지면 헤어지는 거지 보류 기간이 대체 뭐지?'라고 생각할 것이다. 하지만 나에게는 이런 나만의 이별 보류 기간이 존재했다. 이별 보류 기간에 대해 조금 더 솔직하게 말하자면 나는 이별이 찾아왔다는 사실을 받아들이기 힘들어 애써 모른 척 도망치는 거였다.

내가 이렇게 유독 이별을 힘들어하는 이유는 사람에 대한 정이 많아서가 아닐까 싶다. 초등학교 6학년생까지도 나는 명절에 할머니와 외할머니를 만나 뵙고 집으로 돌아가는 길이면 눈물이 났다. 왜냐면 할머니와 헤어지는 것이 슬퍼서였다. 할머니와 영영 헤어지는 것이 아님을 알면서도 매번 할머니를 혼자 두고 떠나는 차 안에서 우리에게 손을 흔드는 할머니를 보면 어찌나 마음이 아프던지 한번 울기 시작한 눈물은 쉽게 그치기도 어려웠다. 그러니 어떻게 보면 상대방과 영영 헤어지는 것인 남자친구와의 이별을 어떻게 쉽게 받아들이겠냐는 말이다.

하지만, 이런 정이 많은 나의 성격은 남자친구와의 이별에서 오히려 나를 다치게 했다. 내 나름대로 첫사랑이라고 생각하는 전 남자친구가 있다. 우리는 중국에서 유학하던 시절에 만났다. 중국에서의 생활은 행복했으나 한국으로 돌아오기부턴 우리 사이는 삐걱거리기 시작했다. 첫째는 기본적인 가치관이 달랐고, 둘째는 그가 상당히 많이 놀아본 사람이었다는 거다. 나와의 갈등이 계속되자 그는 바람을 피웠고 나는 명탐정처럼 그가 바람을 피운 사실을 찾아냈다. 바람피운 사실을 애써 찾아냈으면 헤어져야 하는 건데 나는 그러지 못했다. 그리고 그와의 연애를 계속하기 위해 노력했다. 바람을 피운 상대와의 연애를 지속한다는 것은 정말 말도 안 되는 일이지만, 그때의 나에게는 그와 이별하는 것이 더 무서웠다. 그래서 나를 더 힘들게 만드는 일임을 알면서도 그 길을 선택했다. 그렇지만 결과는 불 보듯 뻔했다. "나만 하는 노력"이 무슨 소용이 있겠는가? 결국엔 그와 헤어졌다. 하지만 우리는 다시 만났고 표면적으로는 헤어진 사이지만 매일 연락하고, 데이트하고, 거의 책임은 없는 연인 같은 사이로 이별 보류 기간을 3개월 더 보내고 나서야 진정한 의미의 이별을 할 수 있었다.

위의 사례에서 볼 수 있듯이 나는 이별을 잘하지 못한다. 나의 지금까지 모든 연애의 이별이 이런 식이었다. 그리고 나는 지금도 언젠가 나에게 다가올 이별이 두렵다. 하지만 언제 까지고 이별에 휘둘리고 싶지는 않다. "나"로 존재하여 이별에 더 이상 휘둘리지 않고 맞서고 싶다. 세상에 쉬운 이별은 없겠지만 적어도 이전과 같이 끈질긴 이별을 하며 나를 갉아 먹고 싶지 않다. 그래서 이 글을 쓰는 지금, 이 순간 다시 한번 다짐을 해본다.

"똥차 가면 벤츠 온다니까 벤츠가 들어올 수 있도록 주차장을 후딱 비워주자!"

"나"로 존재하여 이별에 더 이상 휘둘리지 않고 맞서고 싶다. 세상에 쉬운 이별은 없겠지만 적어도 이전과 같이 끈질긴 이별을 하며 나를 갉아 먹고 싶지 않다.

이번주도 무사히 보냈습니다.

작가 정용현

정: 정의로운 사람이고
용: 용기있는 사람이지만
현: 현금 부자가 가장 되고 싶습니다.

이번주도 무사히 보냈습니다.

전문 짝사랑러

나는 중고등학교 시절에 짝사랑 전문가였다.

남중, 남고, 여자 형제 없음, 외모 변변찮음. 이 답도 안 나오는, 이성 관계가 그려지는 찌질한 스토리는 끝은 대부분 "소윤이 기태랑 사귀더라"로 끝나는 경우가 많았다. 그렇게 눈을 감고 권상우의 갈색 비니를 내린 게 대여섯 번은 될 것이다. 남중, 남고인데 어떻게 짝사랑했는가? 그 당시 나의 주 짝사랑 무대는 학원이었다. 정확히 말하자면 학원이 첫 시작이었지.

소윤이는 서울에서 초등학교 6학년까지 보내다가 중1 때 내가 살던 강릉으로 이사 왔다. 얼굴이 투명하게 희고 작았고, 웃을 때 예쁜 전형적인 서울깍쟁이 여자애였다. 학원에서 이쁘기로 소문나기까지 일주일이 걸리지 않았다. 운이 좋게도 소윤이와 같은 반이었는데, 안 좋아하는 척 겁나게 흘끔흘끔 쳐다봤다. 아마 눈치챘을지도.

그 여자애는 싱글싱글 웃으면서 남자애들한테 장난을 아주 잘 쳤다. 나는 남중이었던 것과 달리 소윤이는 남녀공학이라 그런가? 이성과 어울리는 말투나 솜씨가 대단했다. 말 몇 마디 나누면 금세 빠져들었다. 그 몇 마디에 슬금슬금 좋아했던 애들이 아마 한둘이 아니었을 것이다. 나중에 알게 된 사실인데, 내 절친 희근이도 소윤이를 속으로 좋아하고 있었다고 한다. 물론 나는 희근에게 솔직히 말하지 않았다. 왠지 모르게 자존심이 상해서. 어쨌든 우리는 같이 기태 새끼를 욕했다.

황순원의 소나기를 그때쯤 배웠을 텐데, 아직도 기억난다. '얼굴 시커먼 촌놈이 허옇고 예쁜 서울 여자애를 좋아하는 건 시대를 관통하는 진리구만..'

마음속으로 끙끙 앓기만 하는 짝사랑이면 다행인데, 그 나이에 그렇듯 세상에서 내가 제일 구구절절한 사연이 있는 것처럼 굴었다. 집 컴퓨터로 윈앰프를 실행시켜 주로 들은 노래가 신승훈의 아이빌리브, 왁스의 부탁해요였다. 기태랑 사귄다는 걸 알게 된 이후부터는 일부러 소윤이와 멀리 떨어져 앉았고 나에게 말을 걸어도 시답잖게 반응했다. 소윤이는 처음에는 '너 왜 그래?'식으로 반응하다가 나중에는 별 신경을 쓰지 않았다. 그래서 더 비참했다.

소윤이 이야기를 주구장창 했지만, 사실 나는 '에이스학원'에서 소윤이만큼 짝사랑했던 여자애들이 많았다. 윤영이, 지수, 소나 등등.. 아이빌리브와 부탁해요는 너무 많이 들어서 아마도 MP3 파일이 헤졌을 거다.

내 두 번째 짝사랑 공격 대상은 학원 영어 선생님이었다. 박현숙 선생님. 이름은 좀 촌스럽지만, 학원에서 제일 예쁜 선생님이었다. 그 당시 선생님의 나이가 26이었으니까, 15살의 나에게는 어른이었기 때문에.. 나도 어른처럼 굴었다.(?)

영어는 곧 잘해서 시험을 보면 항상 1~2개 정도만 틀렸는데, 나에게 잘했다며 칭찬해 주는 선생님에게는 "네, 뭐.. 별로 안 어려웠어요"라고 심드렁하게 말했다. 그렇게 행동한 이유는 '훗, 저에게는 이 정도 문제는 문제도 아니라고요.. 다 큰 저에게는 말이죠?'로 보이고 싶었기 때문이다.

내 또래와 같은 취급을 당하는게 싫어 늘 의젓하고 어른스러운 척을 하느라.. 사실 너무 힘들었다. 수업 도중 웃겨도 크게 웃지 않고, 고개를 떨군 채 씨익-하며 웃으려고 노력했으며 복도에서 마주친 선생님 앞에 서서 "선생님 키가 왜 이렇게 작아요? 제가 더 큰 거 같은데요 크하핫!"하고 놀렸다. 선생님 입장에서는 얼마나 어처구니가 없고, 또 웃겼을까..

하지만 우연히 학원 앞에서 선생님을 기다리다 같이 가는 남자친구를 본 그날, 다시 한번 윈엠프를 켰다.

내 학창 시절 마지막 짝사랑 공격 대상은 선아였다. 이번엔 고백까지 이어진 케이스니까, 진짜.. 공격했다고도 할 수 있겠다. 선아는 고2 때 친구 따라간 교회에서 처음 만났다. 옆 학교에서 얼짱으로 소문난 친구 선미의 동생이었는데, 나는 선미보단 선아가 더 좋았다. 왜냐하면, 언니의 그늘에 가려져 본인이 예쁜지 모르는 동생에게 '너 사실은 엄청 이뻐! 언니보다 더..'라고 말해주고 싶은 가히 중2병다운 생각을 하고 있었기 때문이었다.

선아에게는 1년이 넘도록 꽤 오랜 시간 적극적인 구애 활동을 했다. 일요일 아침 디즈니 만화 동산이 아니면 좀처럼 일찍 일어날 일이 없었던 나는 재빠르게 일어나 고등학생이 꽃단장을 할 수 있는 만큼의 최대치로 하고 교회에 갔다. 예배 마지막에 다 같이 주기도문을 외울 때 눈을 살짝 떠서 개 얼굴을 훔쳐보는 게 나의 주 루틴이었다. 성가대였기 때문에 가능한 일이었다.

이번엔 성과가 꽤 있었는지, 선아랑은 꽤 친하다 싶었다. 같이 점심도 먹었겠다, 문자도 몇 번이나 주고받았겠다 이거 뭐.. 다 된 거 아닌가? 하지만 남중, 남고의 가장 큰 부작용이자 해악은 사랑의 단계를 체크하는 능력이 현저히 떨어진다는 것이다. 남남 - 살짝 친구 - 친한 친구 - 썸 - 연인의 일반적인 테크트리를 무시한 채, '친한 친구'와 '썸' 단계를 뛰어 넘어 버리고 이쯤이면 되겠다 싶어서 고백을 갈겨버린 것이다. 싸이월드 도토리를 한 30개 쯤 턴 날이었다.

수없이 많은 실패에서 깨달은 교훈 또한 있었다.

첫째, 담백하고 나답게 굴기. 둘째, 좋아하면 좋아한다고 솔직하게 말하기. 그리고 가장 중요한 셋째, 결국 될놈될 안될놈안될.

나는 남중이었던 것과 달리 소
윤이는 남녀공학이라 그런가?
이성과 어울리는 말투나 솜씨가
대단했다.

달콤 쓱쓸한 노마F

작년쯤인가 유튜브를 보다가 눈을 사로잡는 섬네일이 있었다. 20대 초반으로 보이는 여자가 환자복을 입고서 담배를 피우고 있는 사진이었다. '정신병원에서 몰래 담배 브이로그'란 제목이었다. 자기는 조울증이 심해 정신병원에 입원했는데 담배를 도저히 못 참아서 몰래 피우고 있다는 내용의 브이로그였다. 그 영상 때문인지 유튜브 알고리즘을 타게 되어 정신병 관련 영상만 몇 개를 연달아 봤다. 그러다가 어떤 영상에서 내 어렸을 때가 문득 떠올랐다. 전혀 예상치도 못하게...

초등학생 3~4학년 무렵에 나는 빈혈이 있었다. 집에 있을 때 종종 이유 없이 증상이 나타났다. 그런데 그 빈혈이라는 게 핑- 하는 어지러움은 아니었다. 뱅뱅 돌아가는 놀이기구를 타고 있는 것같이 정신이 미쳐 돌아버릴 것 같은 기분에 가까웠다. 빈혈은 주로 늦은 밤에 찾아와 괴롭혔다. 처음 엄마한테 어지럽다고 했을 땐, 엄만 별로 대수롭지 않게 생각하는 듯했다. 하지만 불규칙한 주기로 한 달씩이나 지속되자 어디선가 수소문해서 내게 '노마F'를 사다 줬다. 이게 빈혈에 좋다면서.

'노마F'는 마이쮸같이 물렁물렁한 캔디였는데 달기까지 해서.. 오히려 좋았다. 음 빈혈 덕에 이런 것도 먹어보는군. 아침 점심 저녁으로 꼬박 챙겨 먹었다. 그 후 며칠 동안은 빈혈기가 없었다. 이제 괜찮아졌다 싶었는데 얼마 못 가 다시 증상이 도졌다. 그럼 이제 앞으로 노마F를 2개씩 먹을 수 있는 건가? 싶기도 했다. 하지만 그때 2개를 먹든, 10개를 먹든 나아지지는 않았을 거다. 나이를 먹고 아주 오랜 후에 알게 된 사실은 그것은 빈혈이 아니라 공황장애였기 때문이었다.

그러니까 유튜브 알고리즘으로 추천되어 본 마지막 영상은, 마침 공황장애를 겪고 있는 환자의 영상이었던 거다. 영상 속 주인공이 말하는 증상들이 내가 어렸을 때 겪었던 증상이랑 비슷했다. 공황장애라는 거, 연예인들이 병역기피 할 때나 쓰는 말 아닌가? 그런데 내 이야기였다니.

 어렸을 때 공황장애의 전조는 몇 가지 더 있었다. 우선 나는 학교 운동장에 있는 뱅뱅 돌아가는 놀이기구(소위 원심분리기)를 잘 타지 못했다. 두세 바퀴만 돌면 획 하고 내려서 심하게 뱅뱅 도는 세상을 진정시켜야 했다. 증상이 제일 심했을 땐 지구가 자전하고 있다는 사실도 날 괴롭게 했다. 그래서인지 나는 지금까지도 돌아가는 놀이기구를 못 탄다. 회전목마도 좀 힘들다. 내가 좋아하는 놀란 감독의 인터스텔라 도킹 장면도 영화관에서 제대로 보지 못했다.

 또 나는 고소공포증이 심한 편이다. 육교를 건널 때 사람이 많지 않길 기도한다. 왜냐하면 정중앙으로 가로질러 가야 하니까. 사방이 뚫린 에스컬레이터는 최악이다. 저기 밑에 1층까지 보이는 에스컬레이터를 탈 땐 건물을 왜 이따위로 짓는지 건축가 양반을 탓한다. 창문이 있는 엘레베이터에서는 창밖을 보지 않는다. 어디 높은 곳에 걸터앉아있는 사람의 사진을 봐도 손에서 땀이 난다.

 위 증상들이 공황장애의 증상이 맞냐고? 사실 나도 잘 모른다. 진단을 받은 건 아니니까. 만약 어렸을 때 부모님이 나에게 노마F를 쥐여줄 것이 아니라, 내 손을 잡고 공황장애 검사를 하러 갔었다면 나는 지금 놀이기구를 잘 타는 사람이 되었을까? 아쉽게도 그런 일은 없었을거다. 왜냐하면 그때 우리 부모님에게 '공황장애'는 매우 생소한 단어였을 거다. 아니, 생소하다기보다는 머릿속에 존재하지 않았던 개념이라고 보는 게 더 맞겠다. 낳은 자식을 깊게 탐구하던 시절은 아니었으니까. 다들 먹고살기 바빴던 시절, 개인의 취향이나 기질이 중요한 시절은 아니었으니까. 60년대에 태어나 90년대에 초등학생 자녀를 둔 부모들은 모두 그랬으리라 믿기로 한다.

따지고 보면 어디 공황장애만 그럴까 싶기도 하다. 내가 아는 어떤 사람은 남들보다 훨씬 풍부한 감수성 때문에 부모에게 넌 너무 예민하다는 이야기를 들으며 자랐다고 한다. 가족이 내 마음을 몰라줘 답답했다는 그 사람은 결국 가족이라는 울타리 밖에서야 나를 이해해주는 사람을 만날 수 있었다고 한다. 또 어느 트렌스젠더 유튜버는 성전환 수술을 결심하고 가족에게 이야기했을 때, 결국 가족과 연이 끊어졌다고 한다. 자기의 성정체성을 가족들이 이해해주지 못했기 때문이다.

어렸을 때 겪었던 공황장애를 알아채 주지 못한 내 가족을 탓하고 싶지 않다. 다만, 이제 나에게는 나의 사람들이 남아있다. 내가 꾸려갈 가족들에게는 잘못된 진단으로 공수해 온, 그저 어린이 영양제일 뿐인 노마F를 쥐여주고 싶지 않다. 나의 가족이 겪게 될 것이 공황장애일 수도, 너무나 예민한 감수성일 수도, 성정체성일 수 있다. 혹은 내가 전혀 알지 못했던 또 다른 무엇일 수도.

낳은 자식을 깊게 탐구하던 시절은 아니었으니까. 다들 먹고 살기 바빴던 시절, 개인의 취향이나 기질이 중요한 시절은 아니었으니까.

결혼식에 사람들이
오지 않을까 걱정이야

어느 월요일 밤 종로3가의 허름한 한 중식집. 나와 친구들 모두 네 명이 급번개로 모였다. 내 친구 희근이가 이제 막 신혼여행을 마치고 한국에 귀국한 지 며칠 되지 않았던 날. 자연스럽게 그날 대화의 주제는 희근이 결혼식이었다. 내 친구 결혼식에는 꽤 많은 사람이 왔다. 밥이 맛있기로 유명한 메이저 호텔이라 그런지 식장도 그동안 다녔던 곳보다 훨씬 으리으리한 게 좋아 보였다. 친구와 회사 동료로 온 사람들이 많아 사진 촬영을 무려 세 번에 나눠서 했다. 부러웠다. 내 결혼식에도 사람들이 많이 와줬으면 좋겠는데.. 뿌린건 거둬야 하니까 말이야..

나는 친구가 많이 없다. 정기적으로 보는 친구들은 세 명뿐이고 그 외에는 가끔 카톡으로나마 안부 인사를 주고받는 정도다. 한 달 전부터 본격적으로 시작한 인스타에는 초중고 친구들과 대학 동기들의 피드와 스토리가 올라오지만, 그저 엄지손가락으로만 까닥하며 구경할 뿐이다. 희근이를 마지막으로 나의 친구들은 모두 유부남이 되었고, 이제 나만 남았다. 그래서 그런 걸까? 조금 더 걱정되고, 외롭다.

대학을 졸업하고 첫 직장에 입사했을 때, 200명에 가까운 카톡 친구를 보며 이게 무슨 의미인가 싶었다. 정신만 산만해지는 것 같은데? 마지막으로 연락한 지 몇 년은 된 사람들까지는 필요 없잖아? 나는 그때 이후로 정기적으로 친구 관리를 했다. 내 핸드폰에 빨간색 알림은 다 지워버려야 직성이 풀리는 것처럼, 내 메일함에 안 읽은 편지는 없어야 하는 것처럼.

나는 인간관계를 좀 특이하게 하는 편이다. 이 사람과 더 이상 볼 일이 없을 것 같으면 내 전화번호부에서 번호를 삭제해버린다. 그리고 카톡에 들어가서도 숨김으로 처리한다. 여기서 끝이 아니고, 친구 관리에 들어가 숨김 친구 삭제까지 해야 비소로 나의 오늘치(?) 인간관계를 한 것이다. 그래서 내 카톡 친구는 보통 100명을 넘지 않는다. 나보다 더 적은 사람이 있을까. 별로 친하지 않은 친구들, 대학 동기들, 전 회사 사람들은 목록에서 사라진 지 오래다. 전 여자친구에게도 예외는 없다.

 그런데 요즘 들어서 조금은 후회스러운 마음이 든다. 연락 잘하고 지내볼걸. 연락도 안 하는 사람들로 200명이 등록된 게 별 의미 없는 것처럼, 200명이 넘어가는 걸 그냥 내버려 둬도 그만 아닌 건가?

 결혼식에 사람들이 오지 않을까봐 걱정이다. 아직은 존재하지도 않는 내 미래의 와이프에게 어떻게 설명해야 할까. '오빠, 사진 찍을 때 오빠 쪽 사람들은 생각보다 별로 없더라?'라고 물어보면 어쩌지? 아니야 내 마음 아프게 그런 말은 하지 않을텐데.. 아니다 차라리 그런 말이라도 꺼내준다면 내 속이라도 시원해질까? 아니다 그냥 아무것도 모른 척 넘어가 주는 게 더 나을 수도? 아니다 아무리 생각해봐도 차라리 말해주는 게 더 나은 것 같다.

아무튼 미래의 와이프야 너도 부디 친구가 없는 사람이었으면 좋겠어..

그냥 우리 둘이 베프먹자.

이 사람과 더 이상 볼 일이 없을 것 같으면 내 전화번호부에서 번호를 삭제해버린다. 여기서 끝이 아니고, 친구 관리에 들어가 숨김 친구 삭제까지 해야 비소로 나의 오늘치(?) 인간관계를 한 것이다.

잘 버리는 사람

약 2년 전쯤 서울로 이사 왔다. 고등학교 졸업 후 줄곧 수원에 살았던 나는 처음으로 서울에서 살게 된 것이다. 이사 갈 집을 계약하고, 이사 날짜를 정한 뒤 가장 먼저 시작한 것은 버리는 것이었다. 버릴 게 많았다. 수원에서 살던 집은 작았다. 그래서 살림살이가 그리 많지 않을거라 생각했다. 하지만 15년이 넘어가는 자취짬바 때문이었을까, 버릴 게 생각보다 많았다. 처음으로 도시 경계를 넘어가는 이사. 작은 1톤 트럭에 내 짐을 모두 싣고 나를 생각을 하니 골치가 아팠다. 그래서 가지고 있던 걸 거의 다 버리기로 했다.

나름 거금을 들여서 산 라텍스 매트리스도 버리고 침대 프레임도 버렸다. 비싸게 산 시디즈 의자는 당근마켓에 반의 반도 안되는 헐값에 올렸더니 1분 만에 메세지가 8개가 왔다. 싸게 구입해서 오래 쓴 튼튼한 책상도 5천 원에, 깔맞춤으로 산 월넛색 책장도 1만 원에. 이제는 작아서 못 입는 옷은 깨끗하게 세탁해서 기부했다. 게 중엔 택도 제거 안 한 비싼 옷도 있었지만, 미련은 없었다. 그래서 결국 이사할 때 들고 갈 것은 몇 벌 안 되는 옷가지와 컴퓨터밖에 없었다. 있던 걸 모두 비우고 나니 생각보다 집이 넓어 보였다.

하루 종일 '오늘의 집'을 들여다보며 산 가구들은 이사 후 얼마 지나지 않아 전부 당근마켓에 올려 팔아버렸다. 집들이 시즌이 끝난 후에는 더 이상 쓸 일이 없어졌기 때문이다. 회사를 통해 여기저기서 얻게 된 기념품이나 선물같은 것들도 필요 없겠다 싶으면 빠르게 없애치웠다. 카톡에 있는 친구는 주기적으로 관리한다. 더 이상 연락할 일이 없을 것 같은 사람은 연락처에서 지워버린다. 나는 잘 버리는 사람이다.

이별이라는 소재로 글을 써보려 구구절절한 애틋한 기억을 떠올려봤다. 하지만 잘되지 않았다. 왜냐하면 난 이별을 결심하면 아주 깨끗하게 정리를 잘하는 사람이기 때문이다. 그 결심을 하기까지 힘들고, 고통이지만 일단 결정하면 신속하다.

대학생일 때, 겨울 계절 학기에서 만난 후배와 잠깐 사귀었었다. 잠깐만 사귀었던 이유는 나를 그다지 좋아하지 않는다고 느꼈기 때문이다. 그땐 나는 좀 집착하는 느낌이었고, 걘 넌 좀 작작 하라는 눈빛이었다. 내가 약속을 구걸하면 항상 말끝을 흐렸다. 뭐든 단답하는 걔가 답답했고, 착잡했다. 전 남친을 만난 걸 알게되었을 때 맘고생을 했던 시간에 배신감이 들었다. 배신감이 들었다는 생각으로도 자존심이 상했다. 그때부터 나는 신속한 사람이되었다.

비참한 연애의 끝을 경험하면 자존심이 세진다. 방어기제다. 자존심이 흉측하게 비틀어지면 연애의 끝 조짐이 보일 때쯤 쿨병환자로 돌변하는 사람이 되어버린다. 그 후로 나는 이별 할 때 상처받지 않는 사람이 되었다. 하지만 그 대신 또라이가 되었다. 응, 그래봤자 너는 내 손바닥 위야. 나는 너 머리 꼭대기에 있다고. 이별이 너, 나 혹은 우리에게 슬픈 일이겠지만 이것 모두 인생의 찰나니까 좋은 경험 했다 치자고. 아주 재수 없고 거만한 사람이 된 상태로 이별하면 적어도 자존심이 상할 일은 없다.

잘 알고 있다. 먼저 버리려고 하는 성향은 결국 나의 방어기제라는 것을. 상처받지 않기 위해서는 내 마음을 먼저 끊어야 한다는 것을. 낮은 자존감을 거만한 자존심으로 포장하면 스스로에게는 그럴듯해 보인다.

나는 잘 버리는 사람이라 생각하는데, 결국 잘 못 버리는 사람인 것이다.

이별이 너, 나 혹은 우리에게 슬픈 일이겠지만 이것 모두 인생의 찰나니까 좋은 경험 했다 치자고. 아주 재수 없고 거만한 사람이 된 상태로 이별하면 적어도 자존심이 상할 일은 없다.

이번주도 무사히 보냈습니다.

작가 서동현

글이 써지지 않을 때마다 밖을 걸었더니 좋은 산책로를 많이
알게 되었습니다. 오래 걸어도 지치지 않는 다리를 가진 덕분에
글쓰기를 계속 할 수 있을 것 같습니다.

이번주도 무사히 보냈습니다.

어항

나는 종종 늦은 밤 거리의 편의점들을 볼 때면 그것들이 마치 도시의 어항 같다는 생각을 하곤 한다. 푸른 계열의 조끼 같은 것을 입고 판매대에 물건을 채우거나 무심히 계산대 앞을 지키는 청춘들. 투명한 유리 벽 안에서 환한 불빛을 받으며 편의점 안을 유영하는 그들을 가만히 보고 있으면 푸른 빛의 열대어처럼 보이곤 하는 것이다.

나도 한때는 편의점 안을 유영하며 내 시간을 '최저'라는 이름이 붙은 돈과 맞바꾸던 시절이 있었다. 그때 나는 도시가 잠든 시간에 무슨 일들이 벌어지곤 하는 지를 목격했는데, 그 시간에는 사람들이 사춘기 소년이라도 되는 양 무엇이든 용서 받을 것처럼 행동하는 경우가 종종 있었다.

매장 앞에 놓인 파라솔과 플라스틱 의자를 집어 던지며 싸우는 어른들은 흔했고, 자신이 지금 절벽 끝에 와있는 상황이라며 공짜로 음식들을 달라고 위협하는 남자도 있었다.

한번은 다짜고짜 담배를 전자레인지에 데워 달라는 여자 손님이 있었는데, 그러다 불난다고 극구 말리자 겨우 그거 하나 못 해주냐며 한참을 앉아서 울다가 제풀에 지쳐 터덜터덜 밖으로 걸어 나가버렸었다.

그런 사람들에 비하면 앳된 얼굴을 하고선 술, 담배를 사러 오는 소년, 소녀들은 귀여울 뿐이었다. 그런 녀석들은 항상 신분증을 집에 두고 왔다고 하는데 우선 몇 년생이냐고 물은 뒤, 외워온 답을 말하면 바로 무슨 띠냐고 연이어 물으면 해결됐다. 그럼 잠시 어안이 벙벙한 표정으로 서있다가 고개를 숙이고 황급히 밖으로 나가 버리기 마련이었다.

검푸른 색의 잉크가 한 방울씩 풀어지기라도 하듯 어둠이 꽤나 짙어지면 손목에 흉터를 새긴 여자가 담배를 사러 들어오곤 했었다. 굵은 지렁이를 손목에 얹고 다니는 듯한 그 여러 개의 흉터들은 스스로를 해치려다 생긴 것이 분명해 보였다. 그녀는 매번 다른 이름의 담배를 사가곤 했었는데, 하루는 신문들이 꼽혀 있는 가판대를 가만히 쳐다보더니 "이년아 너도 세상이 다 네 맘 같지는 않지?"라고 낮은 음성으로 혼잣말을 했다. 그녀가 편의점 밖으로 나간 후 그곳을 보니 김연아가 점프 실수를 범해 엉덩방아를 찧었다는 내용의 기사가 실려 있었다.

그녀가 다녀가고 시간이 지나 내 퇴근 시간이 가까워올 즈음엔 경마지를 사러 편의점에 들르는 할아버지가 있었다. 머리를 새까맣게 염색한 그는 매번 경마지를 사가는 것이 멋쩍은지 꼭 "오늘도 말밥주러 가려고"하는 말과 함께 내게 지폐를 건네곤 했었다.

내가 일하던 편의점은 여전히 속을 훤히 비춘 채로 금정역 출구 앞에 자리하고 있다. 종종 그 앞을 지나는 밤이면 유리 벽 너머로 일하고 있는 사람들의 얼굴을 확인해보곤 한다. 어떤 날은 여자였다가 남자로 바뀌어 있고, 안경을 썼다가 아무런 흔적도 없는 맨얼굴을 하고 있는 익명의 청춘들. 어린아이들이 손끝으로 어항을 톡톡 치듯, 밤의 사람들에게 시달려 피로하고 무심해진 얼굴을 하고 있는 유리 벽 너머 물고기들.

진열되어 있는 물건들은 그대로인 것이 없겠지만 내부 구조만은 놀랍도록 똑같아서 내가 서있던 자리에 이름 모를 그들이 그대로 서 있는 것을 보면 문득 아득한 시차 같은 것이 느껴진다. 손님이 드나들 때 맑은 소리를 내며 울리던 종소리, 매번 정시에 맞춰 배달되던 삼각김밥과 도시락들, 신문들, 홀로 라디오를 들으며 지새우던 밤들, 그런 것들도 그대로일까. 손목에 흉터를 새긴 그 여자도, 주말 아침마다 경마지를 사러 오던 할아버지도 여전히 편의점을 찾을까.

그 편의점 앞을 지나 집으로 돌아가는 밤엔 어항 같은 작은 공간에서라도 지나와버린 시간들과 풍경들이 은은하게 빛나고 있음에 조금은 위안을 얻는다.

그녀는 매번 다른 이름의 담배를 사가곤 했었는데, 하루는 신문들이 꼽혀 있는 가판대를 가만히 쳐다보더니 "이년아 너도 세상이 다 네 맘 같지는 않지?"라고 낮은 음성으로 혼잣말을 했다.

계단 아래

Y의 스튜디오는 항상 내려가는 계단에서부터 강렬한 머스크향이 훅 끼쳐오곤 했다. 지하의 눅눅한 냄새를 없애기 위해 향초를 피워둔 탓인데, 어찌나 곳곳에 향이 스며들어 있는지 그의 스튜디오에 다녀온 날이면 내 옷에도 머스크향이 배일 정도였다. 그 향 덕분에 Y의 스튜디오는 입구부터 나른하면서도 비밀스러운 느낌을 풍겼다.

Y가 내게 보여줄 것이 있다며 그 스튜디오로 부른 밤에는 어쩐지 더욱 비밀스러운 경계를 넘어가듯 그 계단을 내려갔던 기억이 난다.

간단한 안부인사를 마치고 Y는 맥북을 켜더니 모니터 화면에 CCTV 프로그램을 띄웠다. 모니터엔 스튜디오를 찍고 있는 화면이 나왔는데, 몇번의 클릭 후 화면을 커플로 보이는 남녀 두 쌍이 테이블을 마주하고 앉아 있는 지점으로 맞췄다. Y와 Y의 와이프인 D가 있었고, 나머지 한 커플은 친하게 지내는 이웃집 부부라고 했다. 그 이웃집 부부 옆에는 시바견 한 마리가 지루한 듯 바닥에 웅크리고 있었다. 이웃집 여자가 중간중간 황갈색 시바견의 머리와 등을 쓰다듬어 주는 것이 보였다.

전혀 이상할 것 없는 화면들이 이어지다 어느 지점에서 Y가 화면을 일시정지했다.

"여기서부터야. 진짜 소름 돋아."

다시 재생을 클릭하자 시바견이 웅크렸던 몸을 펴고 일어나 출입구 쪽을 향해 짖기 시작하는 것이 보였다. 처음엔 입구로 누군가 들어오는가 싶었지만 인기척은 없었는지 화면 속 사람들이 아무렇지 않게 대화를 이어나가는 것이 보였다. 계속해서 강아지가 짖자 이웃집 여자가 타이르는 듯한 행동을 보이긴 했지만 어쩐지 강아지는 짖기를 멈추지 않았다.

잠시 후 시바견은 종긋 세워진 귀와 시선을 서서히 출입구에서 스튜디오 내부로 옮기더니 누군가를 쫓듯 스튜디오 안을 이리저리 돌아다니기 시작했다. 그러다 허공을 향해 짖기를 반복했고 마지막엔 스튜디오의 내부를 잘 아는 사람만이 알 수 있는 쪽문까지 가서 몇 번을 짖다가 원래 있던 자리로 돌아왔다.

화면을 여러 번 돌려볼수록 묘한 느낌이 들었다. 확실히 시바견이 움직인 동선이 딱 누군가가 스튜디오로 들어와 내부를 살피며 돌아다니다가 쪽문을 통해 밖으로 나가는 동선처럼 보였기 때문이었다.

"개는 귀신을 볼 수 있다잖아. 이거 그런 거 아니야?"

이상한 일은 그 이후에도 있었다. Y가 심야 작업을 마치고 밤늦게 귀가하던 날이었다. 여느 때처럼 보안 카드로 출입구 문단속을 하고 계단을 오르는데 보안 장치 쪽에서 철컥 소리와 함께 '보안이 해제되었습니다'라는 음성 메시지가 흘러나온 것이다. 너무 놀란 Y는 다시 보안장치 쪽으로 가서 문을 잠글 생각도 못하고 바로 계단을 뛰어 올라 철제 셔터를 내리고 집으로 뛰었다고 했다. 그 일이 있은 뒤 Y는 스튜디오에 십자가와 드림캐쳐를 가져다 놓았는데, 그 둘이 함께 놓여진 모습은 어딘가 그로테스크해 보였다.

사실 Y의 스튜디오는 시작부터 미심쩍은 부분이 많았다. 아무리 지하라고 하지만 롯데타워가 꽤 가까운 거리에 있는 상가인데도 월세가 꽤나 저렴했던 것이다. 나중에 건물 관리인 아저씨에게 들은 바에 따르면 예전엔 '바다이야기'를 운영하던 곳이라고 했다. 출입구 외에 건물 뒤로 통하는 쪽문이 있는 것도 단속이 들이닥쳤을 시에 도주하기 위해 예전 주인이 만들어 둔 것이라고.

Y가 스튜디오 계약을 마치고 영업을 시작한 지 얼마 지나지 않았을 때에는 웬 유튜버라는 사람이 '다크 투어리스트'를 주제로

촬영을 하고 싶다는 전화가 걸려 오기도 했었다고 한다.

Y와 나는 예전부터 이야기라면 병적으로 탐닉하던 부류의 사람들이었다. 서로의 지난 밤 꿈이야기부터 영화 감상평, 소설 이야기 등등, 특히 미스터리한 일들에 대한 이야기엔 사족을 못 썼다. 그래서 Y의 스튜디오에서 벌어진 일들에 대해서도 으스스하지만 한편으론 희열 같은 것을 느끼기도 했다.

바벨탑 마냥 높이 솟은 롯데타워 아래 크고 작은 건물들, 그 건물들 중 하나의 지하실에서 벌어진 이 이야기들은 왠지 어느 시인이 비밀스레 숨겨놓은 은유 같은 것을 마주한 느낌이기도 하다. 이제는 으스스한 일들보다 추억이 더 많이 쌓인 공간이 되어버렸는데, 나는 그곳에 오래 앉아 있으면 가벼운 두통이 생기곤 한다. 그게 진한 머스크향 때문인지, 다른 불가사의한 어떤 이유 때문인지는 알 수 없다. 마찬가지로 Y가 유독 스튜디오 안에서 많이 다치는 것도 그의 부주의 때문인지 다른 어떤 이유가 있는 것인지 알 수 없다.

친숙한 공간의 이면은 사람의 이중성처럼 흥미롭다. 어느덧 친숙해진 공간이 어느 날 갑자기 우리에게 낯선 모습을 드러낼지 알 수 없기 때문이다.

바벨탑 마냥 높이 솟은 롯데타워 아래 크고 작은 건물들, 그 건물들 중 하나의 지하실에서 벌어진 이 이야기들은 왠지 어느 시인이 비밀스레 숨겨놓은 은유 같은 것을 마주한 느낌이기도 하다.

금성의 시간

단애의 끝에 호수가 있다. 〈파로호〉의 첫 문장을 소리 내어 읽으면 강의실 뒷자리에서 소설을 필사하던 내가 떠오른다. 서걱서걱 볼펜 소리와 함께 노트에 한 자, 한 자 처음부터 끝까지 좋아하던 소설들을 베껴 쓰는 일은 내게 일종의 의식 같은 것이었다. 책을 읽는 것은 좋아하지만 도무지 글이 써지지 않던 나는 그렇게 하면 나중엔 나도 글을 쓸 수 있을 것만 같았다.

소설만 필사했던 것은 아니고 시도 적고, 수필도 적었지만 역시 소설이 제일 길어서 소설 필사를 마쳤을 때가 제일 뿌듯했다. 그런 내 모습을 보고 손 글씨 연습하냐고 묻는 친구도 있었는데 그 극단적으로 느린 속도의 독서는 마음을 편하게 해주는 효과도 있어 붓 글씨 연습이랑 비슷한 면이 있는 것 같기도 하다.

그렇게 필사를 꾸준히 해오다가 대학교 백일장에 응모한 적이 있었는데, 덜컥 수상을 하게 되었다는 전화를 받았다. 축하한다는 말과 함께 수상소감을 적어 달라는 요청에 '몰래 짝사랑하던 사람이 처음으로 내 농담에 웃어준 기분'이라고 적어 냈었다. 정말 딱 그런 기분이었다. 희망이 생긴 기분. 어쩌면 나도 할 수 있지 않을까 하는 기분이었다.

하지만 어쩐지 그 이후에도 글을 쓴다는 건 쉽지 않은 일이었다. 끝을 맺지 못해 중간에 포기한 글들이 하나, 둘 늘어갔는데 그 즈음엔 필사가 글을 잘 쓰기 위한 수련 같은 것이 아니라 도피처가 된 기분이었다. 나는 무작정 필사노트를 한 권, 두 권 늘려가며 김승옥이나 오정희, 김애란, 김연수 등의 소설들을 게걸스레 베껴 적었었다.

한참을 그렇게 글쓰기에 대한 답을 찾으려 애쓰던 와중에 소설가 김연수의 특별강연에 다녀올 기회가 있었다. 소설 쓰기를 주제로 한 강연이었는데 강연이 끝나고는 작가에게 직접 사인을 받을 수 있는 시간도 마련되어 있었다. 내가 워낙 좋아하는 작가였기에 그의 소설 『파도가 바다의 일이라면』을 가지고 가서 사인을 받았었다.

 사인을 받기 전에 그에게 이름을 말해주며 나도 글을 잘 쓰는 사람이 되고 싶다고 말했었는데 그는 나와 눈을 한번 마주친 뒤 '글을 쓰면 더 좋은 사람이 될 거예요.'라고 적어주었다. 집으로 돌아가는 지하철 안에서 나는 그 문장을 계속해서 읽었다. 그리고 글쓰기는 앞으로도 쉽지 않을 것이지만 더 좋은 사람이 되기 위해 글쓰기를 놓지 말자고 다짐했다. 그 이후 '글을 쓰면 더 좋은 사람이 될 거예요.'는 내겐 인생의 부적 같은 문장이 되었다.

 대학생 시절 나는 오정희의 〈파로호〉를 필사하면서 어렴풋이 글쓰기란 그의 첫 도입부 같은 것이라고 생각했었다. (단애의 끝에 호수가 있다. 산을 깎아낸 길 아래, 가파른 벼랑 끝의 호수는 그릇에 담긴 물처럼 고요하다.) 자신의 내면 깊은 곳, 그릇에 담긴 물처럼 고요한 지점을 응시하는 일이라고. 온전히 혼자서 해내야 하는 일이라고 생각했다. 그래서 대학을 졸업할 즈음엔 야근을 시키지 않는 직장을 구해 저녁까지 일하고 밤엔 집에서 소설을 쓰는 삶을 상상하기도 했었다.

 핑계일 뿐이지만 시간은 내 상상과는 다른 방향으로 날 이끌었고, '글을 쓰면 더 좋은 사람이 될 거예요.'라는 문장 위엔 '먹고 살기 바쁘니까', '다들 그렇게 사는 거 아니야?' 같은 먼지가 켜켜이 쌓여 빛을 잃어갔다. 어느새 나는 '더 좋은' 사람이 아닌 '더 버는' 사람이 되기 위해서만 노력하고 있었다.
 그 문장 위에 쌓인 먼지를 툭툭 털어내 주는 한 사람을 알게 되기 전엔 그랬었다. 그 사람은 내 글을 보며 이 문장이 좋았다고 짚어주거나, 다르게 바꿨으면 하는 부분도 '○○님이라면'으로 시작하는 말을 통해 용기를 준다. 글을 왜 계속 쓰지 않냐고, 계속 써보라는 따뜻한 채근도 내가 부적으로 삼은 문장을 빛나게 해준다.

 나는 올해 1월부터 자가 출판을 목적으로 하는 글쓰기 모임에 나가고 있다. 매주 수요일마다 9명의 사람들과 테이블에 옹기종기 모여 앉아 서로의 글을 보듬고 이해하려 노력하는 모임이다. 매주 한편씩 글을 써서 제출해야 하는데, 글의 형식이 에세이이다 보니 속 깊은 곳의 이야기나 스스로를 드러내야 하는 글일 경우가 많다. 그래서일까 나는 모이는 횟수가 늘어갈수록 혼자서 쓴 글과 같이 쓴 글의 차이를 배워가는 중이다. 그릇의 담긴 물의 양도, 색도, 심지어 그릇의 모양까지 제각기 다르다는 것을 새삼 느끼고 있다.

 모임의 리더인 세원님과는 이번이 세 번째로 함께 하는 시간인데, 이번에도 그간 쌓였던 '먼지'들을 가볍게 툭툭 털어내 주셔서 고마울 따름이다. 같이 글을 쓰고 있는 9명의 '문우'들 역시 귀한 이야기들을 들려주셔서, 따뜻한 관심을 보내주셔서 감사드린다. 서울의 밤 하늘에서 별을 찾기란 쉽지 않은 일이지만 수요일의 그 공간 안에서 만큼은 우리의 이야기와 따뜻한 감상들로 별무리를 이루고 있는 듯 느껴진다.

 행성들은 제각각 하루의 길이가 다르다. 화성은 25시간, 토성은 11시간, 해왕성은 17시간, 수성은 1408시간, 금성은 5832시간이 하루다. 특히 금성은 축을 따라 회전하는 데 걸리는 시간이 태양 주위를 공전하는 것 보다 더 길다. 그래서 하루는 5832시간이고, 금성의 1년은 5390시간이 된다.

 수요일마다 하는 생각이지만 우리의 수요일은 금성의 시간을 빌려 오고 싶다. 혼자서 쓰는 것이 아니라고 알려준 그 사람들과 1년 보다 긴 하루를 보내고 싶다.

〈파로호〉를 필사하면서 어렴풋이 글쓰기란 그의 첫 도입부 같은 것이라고 생각했었다. 자신의 내면 깊은 곳, 그릇에 담긴 물처럼 고요한 지점을 응시하는 일이라고.

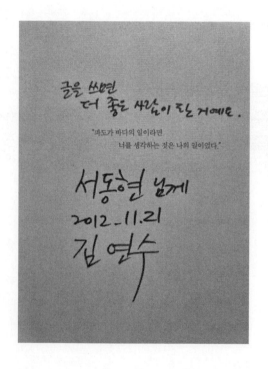

이번주도 무사히 보냈습니다.

여전히
바다를 그리워하는
사람인지

미세먼지가 심하다고 외출을 자제하라는 문자를 받은 날이야. 이런 날은 산책을 하기가 꺼려지지만 오늘 밤엔 어쩔 수 없이 걸어야 할 것 같아. 나는 생각을 정리하려면 일단 걸어야 하는 사람이니까. 게다가 너랑 함께 한 대부분의 시간을 곱씹어보면 걷고 또 걸었던 기억만 나거든.

네가 지방의 소도시에 있는 청소년 교정시설에서 일하고 있다는 이야기를 전해 들었어. 넌 아이들을 좋아하는 사람이었으니까 잘 해낼 수 있을 거란 생각이 들면서도, 교정시설이라니 많이 힘들겠단 생각도 들더라.

넌 가끔씩 뜬금 없는 이야기를 하는 사람이었어. 그날 밤, 홍대의 뒷골목을 걷던 밤에도 너는 세상에서 제일 맛있는 아이스 초코를 파는 곳을 안다며 내 손을 잡고 이끌었지. 작은 가판대를 놓고 음료류를 팔고 있는 친절한 아주머니가 환하게 웃으며 우릴 맞아주었던 기억이 나. 우린 플라스틱 용기에 담긴 아이스 초코를 하나씩 들고 여느 때처럼 걷기 시작했지.

그날 밤 너의 질문은 '불행이 무엇이라고 생각하냐'는 것이었어. 아이스 초코를 손에 들고 걸으면서 불행에 대해 이야기한다는 것이 어색하다고 느껴졌지만 너는 그 전에도 항상 그렇게 뜬금없는 이야기를 하던 사람이었으니까 별다르게 이상하다는 생각은 하지 않았던 거 같아.

나는 그저 빨대로 그 달달한 음료를 쭉 빨면서 생각나는 대로 불행에 대해 이야기했어. 평소랑 달랐던 건 너의 반응이었어. 항상 특별할 것 없는 내 대답에도 어떻게 그런 생각을 할 수 있느냐며 치켜세워주던 너였는데 그날은 그저 묵묵히 내 대답을 들어줄 뿐이었지.

골목에 점점 깊게 들어설수록 내가 알던 홍대의 거리는 형태를 바꿔가고 있었어. 사실 내가 알고 있던 서울의 모습이라는 것이 그저 '맛집'이라는 이름이 붙은 곳을 찾아다녔던 것이라서 '진짜' 서울의 모습이랑은 거리가 멀었던 것일 테지만 말이야.

가로등이 점점이 쭉 이어진 길을 따라 걷다 보니 양 옆으로 빌라 건물들이 빼곡하게 늘어선 골목이 나타나기 시작했어. 가끔 열린 창 틈으로 설거지하는 소리나 TV 소리 같은 것이 흘러나오는 것을 빼면 그 골목길은 해저처럼 고요했던 기억이 나. 이제 막 가을에 접어들고 있던 그 밤길에 우리의 그림자는 가로등 불빛에 따라 앞서서 나타났다가 뒤로 물러 섰다가를 반복하고 있었어.

우리가 샛노란 가로등 불빛에 완전히 잠기기 시작할 때부터 나는 발이 땅에 닿을 때마다 '차박차박' 물 소리가 들리는 듯 했어. 분명 물기라곤 찾아볼 수 없는 메마른 시멘트 바닥이었는데 말이야. 평소와 다른 이상한 밤이라는 생각이 들었던 건 그때부터였을 거야.

다리를 쉬려고 놀이터에 앉았을 때 넌 '통돌이 세탁기'이야기를 시작했어. 세탁기가 작동하면서 내는 규칙적인 소음이 파도 소리와 비슷해 멍하니 앉아 그 소리를 들을 때가 있다고. 나는 그저 섬이 고향이었던 네가 그런 식으로 바다에 대한 그리움을 달랠 때가 있나 보다 했을 뿐이었지.

뒤이어 너는 바다를 생각하면 아버지가 어머니를 차에 태우고 일터까지 데려다 주던 아침이 생각난다고 했어. 너의 키가 천천히 자라는 동안 매일 반복되던 일상이 어느 순간 사라져 버렸다고도 했지. 너의 가족에 대한 이야기를 들은 건 그 밤이 처음이었어.

어머니가 돌아가시고 아버지가 재혼을 하시게 되면서 너는 점점 더 바다가 그리워졌다고 했어. 새어머니는 분명 좋은 분이셨고, 이복형제들도 너에게 잘 대해줬다고 했지만 알 수 없는 마음의 벽 같은 것이 느껴지는 건 별 수 없었다고 했지. 어머니의 기일이 다가오면 자꾸 눈치를 보게 되는 것도 속상하다고 했어.

오랜만에 고향에 내려가도 그 섬의 바다는 예전에 네가 알던 바다가 아닌 것만 같았다고 했지. 그 바다는 이제 어디에도 존재하지 않는 것만 같아서 바다를 더욱 그리워하게 됐다고 말했어.

나는 어깨를 들썩이는 너의 옆에서 울음이 잦아들 때까지 등을 쓸어주는 것 밖엔 할 수 있는 것이 없었어. 네가 불행에 대해서 물었던 건, 이 이야기를 해주려고 그랬었구나 싶었지. 나는 앞선 너의 질문에 보잘것없는 답변을 한 것을 후회하면서 너의 울음이 잦아들길 기다렸어. 그리고 너의 울음이 잦아들기 시작했을 땐 발 아래서 찰랑이던 가로등 불빛에 바짓단이 젖어드는 것 같은 기분이 들었어. 그때 난 바다를 그리워하는 사람 곁에 있으면 어느 곳이든 바다가 될 수 있다는 걸 처음 알게 됐던 기억이 나.

너와 헤어지고 언젠가 읽었던 G.K.체스터톤의 소설엔 '무언가를 사랑하려면 그것이 사라질 수도 있음을 깨달으면 된다'고 적혀 있었어. 그때의 난 그걸 몰랐던 사람이었지. 이제 막 사회초년생이 되었던 그때의 난 정신없이 하루가 시작되고 끝나는 와중에도 너를 만날 때 만큼은 안정감을 느낄 수 있었어. 이기적이게도 너의 한결 같음이 끝없이 계속될 줄 알았지.

그날 밤 이후에도 우리는 얼마간을 더 만났지만 우리가 헤어질 수도 있다는 걸 알게 된 건 그날 밤이 처음이었다고 생각해. 그때의 난 너에게 무엇이었을까? 왜 그렇게도 무력했을까? 우연히 듣게 된 너의 소식에 하루 종일 마음이 가라앉는 건 왜일까?

이제 아무런 의미도 없겠지만 네가 여전히 바다를 그리워하는 사람일지 궁금해. 아마 답변은 영영 들을 수 없겠지. 어디서든 네가 행복했으면 좋겠다. 지금은 그 생각뿐이야.

그때 난 바다를 그리워하는 사람 곁에 있으면 어느 곳이든 바다가 될 수 있다는 걸 처음 알게 됐던 기억이 나.

이번주도 무사히 보냈습니다.

작가 글이로움

어느 날, 글쓰기를 시작했습니다. 그러니 나에게 새로운 세상이
열렸습니다. 글 쓰는 게 즐겁습니다. 무엇보다 글 쓰는 모임에서
글 쓰는 사람들과 이야기하는 게 즐겁습니다.
나는 글은 널리 사람을 이롭게 한다고 믿고 있습니다.
아직 세상에 이루어 놓은 게 딱히 없는 사람이지만, 누구에게나
이로운 글을 쓰고 싶습니다.

이번주도 무사히 보냈습니다.

그 여름 날

"아 안녕하세요…"눈을 마주치지 않고, 땅만 바라보고 인사하던 아이. 수연이를 처음 만난 건 3년 전 어느 여름날이었다. 당시 나는 교회학교 선생님이 된 지 몇 주 되지 않은 새내기 선생님이었다. 교회학교 선생님이긴 했지만, 실제로는 코로나로 교회 등 종교 시설은 집합 금지라 아이들을 제대로 만나지 못했었다. 그때, 수연이는 내가 처음 만난 학생이었다. 머리부터 발 끝까지 어두운 아이, 그게 수연에 대한 나의 첫인상이었다. 그 후덥지근한 여름날, 까만 머리, 눈가에는 까만 스모키 화장, 블루칼라 렌즈를 낀 신비로운 분위기의 그 아이는 까만색 마스크, 까만색 반소매에 팔을 가린 까만 토시, 그리고 까만 바지를 입고 까만색 스니커즈를 신고 있었다. 온통 검은색으로 자신을 뒤덮은 그 아이는 그 색상으로 자신을 은연중에 표현하고 있는 듯했다. '나의 상태는 지금 어두컴컴, 우울해요. 감추고 싶어요'라고. 선생님께 인사드리라는 부모님의 말씀에 땅만 바라보고, 떨떠름하게 인사하던 그 아이의 인사는 시끄러운 매미 울음소리에 묻혀서 들리지 않았다.

"안녕, 내가 앞으로 너의 교회 담임 선생님이야. 선생님도 사실 얼마 되지 않아서, 수연이가 선생님 좀 잘 부탁해!"

나의 인사만큼은 매미 울음소리에 묻히지 않고 수연이에게 잘 들리길 바라면서 최대한 밝고 힘차게 인사했다. 아이는 고개를 끄덕였고, 나는 부모님께 말씀드리고, 수연을 데리고 카페로 향했다. 카페로 가는 길에 어색하지 않으려, 형제는 있는지, 무슨 음식을 제일 좋아하는지, 어떤 가수를 제일 좋아하는지 물어보는 나의 질문에 수연이는 "언니요", "떡볶이요", "BTS요" 이렇게 단답형으로만 대답했다. 멋쩍었다. 어색한 분위기 속에서 5분도 채 안 걸리는 거리가 너무나도 멀게 느껴지는 날이었다.

카페에서도 이런저런 나의 질문에 수연이의 대답은 간단했다. 어색한 공기가 계속 감돌았다. 신상 파악만 하고 끝난 첫 만남 이후 계속 생각했다. 이 아이는 무엇 때문에 마음에 상처받았을까? 왜 마음이 닫혀있을까? 수연이을 더 알고 싶어졌다.

사실 나는 그 흔한 사춘기를 제대로 겪지 못했다. 한창 중2병이 걸릴 그 나이에 다른 나라에 가서 새로운 환경에 적응하느라 중2병에 걸릴 틈이 없었기도 했다. 그 대신 그놈의 중 2병이 성인이 되고 호되게 와서 고생하긴 했지만 말이다. 한참 다른 아이들이 겪는 성장통을 그 시절에 제대로 경험하지 못해 내가 그 아이에게 도움을 줄 수 있을지, 그 아이를 더 이해할 수 있을지 확신이 없었다.

일단 이 아이와 같이 공부도 하고, 대화를 많이 해보기로 했다. 같이 팥빙수와 떡볶이를 먹으면서 되도록 많은 시간을 보내며 이 아이가 마음을 제대로 열 때까지 기다려보기로 했다. 매일 짧게라도 안부 전화를 하고, 토요일과 주일이면 불러서 떡볶이를 먹었다. 그렇게 2주 정도가 지났을까, 수연이가 이제 나의 질문보다 더 길게 대답하기 시작했다. 자기의 이야기를 하기 시작했고, 나는 가만히 들어주었다.

아이돌 같은 인형 같은 얼굴을 아니지만, 고상한 분위기를 풍겨 눈에 띄는 그 아이의 이야기는 이랬다. 사춘기를 겪으면서, 외모 콤플렉스가 생겼다. 본인도 예뻐지길 바랐고, 예쁜 친구들과 친구가 되고 싶었다. 화장하고 다니고 외모에 신경을 쓰기 시작했다. 그러다가 학교에서 잘 나간다는 소위 날라리 친구들과 어울리기 시작했다. 수연이 본인도 잘 나가는 무리에 꼈다고 생각하니 기분이 좋았다. 가끔 그 친구들 무리가 하는 행동들이 이해가 가지 않는 때도 있었지만, 쿨한 사람이 되고 싶었다. 그토록 그 무리 안에서 자리를 지키고 싶었다. 이성 친구를 사귀기도 했다. 이성 친구에 대한 질투였는지, 어느 날부터 같이 놀던 무리가 이간질하고 따돌리기 시작했으며, 이상한 소문도 퍼뜨렸다. 아직도 수연이는 그 친구들이 변한 정확한 이유를 모른다. 학교에서는 틀어진 교우 관계 때문에 스트레스를 받고 있었고, 집에서는 공부는 안 하고 삐뚤어져 나가기만 한다고 부모님이 나무라시는 훈계가 수연이 마음에 비수로 꽂히고 있었다. 자존감이 땅에 떨어지고, 상처받은 수연이는 그 당시 세상을 살기가 싫었다고 했다. 동네에서 그 친구들을 만날까 봐 두렵고 외출도 하기가 꺼려진다고 했다. 실제로 그 동네에 방문했을 때, 수연이가 종종 주위를 두리번거리던 게 그제서야 이해가 되었다. 수연이가 항상 반소매 위에 입고 다녔던 토시는 한창 힘들었을 때 자해하다가 난 상처를 가리기 위한 것이었다.

수연이는 그냥 자기 말을 들어주고, 이해해주고, 공감해주는 누군가가 필요했었고, 나는 이 아이에게 필요한 사람이 되기로 했다. 이 아이에게 사랑을 주는 사람이 되기로 마음먹었다. 그렇게 수연이와 함께 여름방학을 보냈다. 수연이는 부모님보다 나에게 털어놓는 이야기가 더 많아졌다. 여름 방학 이후, 수연이는 다른 학교로 전학을 갔다. 수연이는 새 학교에서 잘 적응하며 밝은 모습을 되찾기 시작했다.

그러던 어느 날, 평안히 잘 지내고 있는 줄 알았던 수연이가 갑자기 학교를 못 다니겠다며 자퇴하겠다는 폭탄선언을 했다고 부모님께 연락이 왔다. 아직 자존감 회복이 완전히 안 되었던 수연이는 학급 친구들의 사소한 말에 상처받고 있었다. 나는 다음 날 바로 월차를 내고, 경기도 외곽에 있는 수연의 집에 가서 같이 시간을 보내고 이야기를 나누었다. 딱 한 학기 더 다녀보고 그때도 아니다 싶으면 진짜 자퇴해도 되는데, 아이들 때문에 네가 소중한 학창 시절의 기회를 빼앗긴다면 선생님은 너무 속상할 것이라고 이야기해주었다. 그냥 하소연을 들어주고, 내가 이야기해줄 수 있는 적절한 조언을 해주고, 기도해주었다. 그리고 수연이가 생각해볼 며칠 동안, 계속해서 수연이와 15분 이상 전화 통화를 하고 이야기를 들어주었다. 한 학기만 꾹 참고 더 다녀본다고 하던 약속했던 수연이는 이제 고3이 된다. 그 누구보다도 명랑하고, 하고 싶은 공부도, 되고 싶은 것도 생겼다. 학교에서는 많은 후배 동생이 친해지고 싶은 선배 언니가 되었다.

수연이 말고도 비슷한 시기를 겪었던 아이들이 있었다. 삼 남매 중 둘째로서 집안에서 자신은 사랑을 못 받고 자랐다는 생각으로 부모님께 항상 반항했던 상은이, 친구들과 밤 늦게까지 바깥에서 겉돌다 집에 들어갔던 윤정이, 다들 그 시기를 방황하며 보냈다. 아이들이 흔들릴 때마다 잔소리보다는 그 아이들 말을 더 들어주고 더 이해해주려고 했다. 내가 아니어도 잔소리는 학교 선생님, 부모님께 귀에 딱지가 생기도록 들었을 테니까. 내가 할 수 있는 최대로 아이들에게 많은 애정을 쏟았다. 강하게 불었던 중2병이라는 비바람에 다행히 수연이도, 윤정이도, 상은이도 꺾이지 않고 잘 버텨 주었다.

나는 믿는다. 살면서 누구나 한 번쯤은 겪는다는 그 혹독한 병의 치유법으로는 들어주는 귀, 누가 뭐래도 난 네 편이라는 따뜻한 응원과 애정 딱 이 세 가지면 된다고 말이다.

가끔 나는 아이들에게 농담처럼 묻는다.
"너 선생님 처음 만나던 날 어땠는지 기억나? 네 옛날 모습 기억

나니?"

"선생님, 말도 마세요. 제 인생의 흑역사에요. 그때만 생각하면 어휴…"

그날을 부끄러워하는 아이들에게 이야기해주고 싶다. 그 시절은 너희의 흑역사가 아니라고, 부끄러워하지 말라고. 그 비바람이 있었기에 지금의 더 단단해진 너희가 있는 것이라고. 다른 친구들도 겪는 중2병을 너희는 조금 더 특별하게 겪었을 뿐이라고. 돌아보면 조금은 요란했던 너희들 인생의 여름날이었을 것이라고.

그 시절은 너희의 흑역사가 아니라고, 부끄러워하지 말라고. 그 비바람이 있었기에 지금의 더 단단해진 너희가 있는 것이라고. 다른 친구들도 겪는 중2병을 너희는 조금 더 특별하게 겪었을 뿐이라고.

1n년 중병 치유 중입니다.

직장 생활 1n 연차, 사회생활 처음부터 난 편하게 일해본 적이 없었다. 좋게 말해서 일복이 많았다. 워라밸은 이웃 나라 이야기인지 야근을 밥 먹듯이 하곤 했으며, 때로는 새벽에 출근해서 새벽에 퇴근하기도 했다. 한창 인터넷에 월요병을 치료하려면 일요일에 출근하라는 사진이 돌아다녔었다. 사회생활을 하기 전에는 누가 저런 실없는 소리를 하냐며 비웃었는데, 내가 막상 몇 년 그 사진의 내용을 손수 실천해보니 어느 정도 일리가 있는 명언이었다는 결론에 이르렀다.

어떤 날은 외근하고 밀린 일을 하려고 회사로 복귀하는데 업무를 마치고, 회사 헬스장에서 운동까지 한 후 집에 돌아가는 동기와 마주치기도 했다. 나는 야근하고 있는데, 친구들은 저녁에 만나 신나게 놀고 있다고 할 때 나는 왜 이 시간까지 회사에 남아 있는가? 나는 왜 계속해서 일이 있는 거지? 속으로 반문하며 대부분이 퇴근해 껌껌하고 적막한 사무실에서 저녁 시간을 보내기 일쑤였다.

점점 면역력이 저하되어 몸 여기저기 염증이 생기고, 아프다는 신호를 보내오던 몇 해 전 어느 날, 진지하게 회사 생활을 되돌아보았다. 돌아보니 문제는 나에게 있었다. 아침에 일어나자마자 회사 이메일을 체크했던 나는 샤워를 하면서도 아침에 일어나서 본 이메일과 그날 해야 할 업무를 생각했다. 출근하면서도 습관적으로 회사 관련 뉴스를 보고, 웹사이트를 들어가 보며 이메일을 수시로 체크했다. 퇴근해서, 그리고 일을 하지 않는 주말에도 습관적으로 이메일을 체크하고 있었다. 하루의 아침부터 밤까지, 그리고 일주일 내내 나의 모든 생각은 업무에 매몰되어 있었다. 나는 시키는 일은 뭐든지 하겠다고 하는 yes 걸이였다. "그거 제가 할게요! 다음 주 초까지 완성하면 되는 거죠?" 이런 식으로 시키는 업무를 다 받아 놓고, 새벽에 출근해서 새벽에 퇴근하며 힘들게 해냈다는 이상한 성취감에 도취해 있었다. 아무도 없는 사무실에서 고요하게 들리는 키보드 타자 소리를 은근히 즐겼다. 야근하거나 주말에 나와서 일할 때, 윗사람들에게 수고한다는 말을 들으면 묘하게도 보상받는 느낌을 받고는 했다. 문제는 나에게 있었다. 나는 일중독, yes병, 호구병, 성취병에 걸린 변태 환자였다.

 스스로 나의 문제를 진단하고 난 후, 나는 그 많은 병을 치료해보려 노력했다. 그렇게 해야만 내가 더 행복해질 수 있을 것 같았다. 일단 퇴근 후와 주말에 이메일 시스템을 들어가지 않으려 노력했다. 주말에 이메일이라는 판도라의 상자를 여는 순간, 난 그 상자의 노예가 되는 것이었다. 사실 정말 급한 일이면 전화나 메신저로 나를 찾을 것이라고 의식적으로 되뇌며 퇴근 후 이메일을 열지 않는 데는 많은 시간이 필요했다. 나는 항상 야근을 당연하게 생각했던 것 같다. 그래서 업무 시간을 어쩌면 더 비효율적으로 썼는지도 모른다. 그래서 최대한 저녁에는 일부러 약속을 잡거나, 독서 모임을 하거나 글쓰기 모임처럼 일찍 퇴근할 구실을 만들었다. 무언가 다른 일이 있어야지 내가 야근을 당연하다 생각하지 않고, 업무 시간 동안 더욱더 집중해서 일할 수 있을 것 같았다. 야근을 아예 없앨 수는 없었지만, 새벽에 퇴근하는 일은 더이상 하지 않았다.

 퇴근 후 만든 저녁 일과는 나의 삶에 새로운 활기를 불어넣어 줬다. 지인들과의 저녁 식사, 글쓰기나 독서 모임은 회사 밖 많은 사람을 만나면서 나를 그동안 몰랐던 회사 밖 세계로 이끌어주었다. 이런 일상의 활력은 내가 피곤해하지 않고 아침에 운동도 할 수 있는 여유를 만들어주기도 했다. 회사에서 소위 잘나가는 것, 승진이나 인정에 대한 욕심도 조금 내려놓았다. 어차피 내가 아등

바등한다고 승진은 내 마음대로 되는 일이 아니라는 것을 알았다. 윗사람들의 회식 자리도 거절할 땐 거절할 수 있는 용기가 생겼고, 내가 현재 할 수 없는 업무는 억지로 받지 않았다. 마음을 조금 비우고 나니, 더 시간적, 심적 여유가 생겼다. 회사에 매몰되어 있던 내가 남에게 도움을 주고자 퇴근 후 시작했던 상담학과 수업은 오히려 내 안에 있던 문제들을 치유했다. 집에만 들어오면 씻고 바로 침대에 쓰러지기 일쑤였던 내가 이렇게 글을 쓰거나 책을 보면서 하루를 마무리할 수 있게 되었다. 염증투성이였던 몸도 건강해지기 시작했다.

아직 이놈의 일중독, yes병, 호구병, 성취병이 완벽히 완치되지는 않았다. 하지만 이 병들이 호전되면서, 회사 생각으로 24시간으로 모자랐던 나의 삶도 조금씩 바뀌었다. 회사 밖 세상은 넓고 아름답다. 이 넓고 아름다운 세상을 즐기기 위해 나는 일하고 있다는 것을, 회사 밖 세상을 온전히 즐기기에도 시간을 모자라다는 것을 점점 깨달아가고 있다.

회사 밖 세상은 넓고 아름답다. 이 넓고 아름다운 세상을 즐기기 위해 나는 일하고 있다는 것을, 회사 밖 세상을 온전히 즐기기에도 시간을 모자라다는 것을 점점 깨달아가고 있다.

서로 다른 인생의 타이밍

나에게는 '무서운 언니들'이라는 카톡방이 있다. 신입생 시절부터 친한 여자 대학 동기들과의 카톡방이다. 카카오톡이 생긴 이래 계속 몇 년째 활발히 유지되고 있는 이 채팅방에 있는 6명의 동기는 모두 나보다 한 살이 많다. 우리는 같이 살기도 하고, 여행도 같이 다니고, 슬펐을 때나 기뻤을 때나 18년이라는 세월을 함께하면서 인생의 흑역사와 황금기를 함께한 친구 사이다. 이런 그들에게 내가 한 살 어리다고 거리감이나 소외감을 느낀 적이 없었다.

그런데 최근 들어 소외감을 느끼기 시작했다. 한동안 연애, 커리어 등의 공통분모가 있었던 우리의 카톡 주제가 나를 제외한 다수의 관심사인 육아로 옮겨갔기 때문이었다. 다 비슷한 시기에 결혼하고 아이까지 비슷한 시기에 낳으면서 단톡방은 온통 육아 이야기로 가득 찬다. 덕분에 라라스, 역방쿠, 브레짜 등등 최신 육아 아이템들을 알게 되었다.

나는 모든 채팅방의 알람을 무음으로 해놓기 때문에 시간 날 때 틈틈이 확인하는데, 이 카톡방의 메시지가 300개가 넘게 와있을 때가 많다. 대부분 현재 육아 휴직 중인 그들의 메시지다. 거의 99퍼센트의 이야기는 '아이가 잠을 잘 안 잔다.', '애가 많이 먹는다', '이유식은 어디 것으로 주문해야 하나' 등의 육아 이야기들이다. 점점 그 단톡방에서 나의 대화 비중은 작아진다. 엄마들의 대화에 나는 낄 수가 없다. 가장 최근에 보낸 나의 메시지도 꽤 오래되어서, 한참을 위로 스크롤 한 후에 채팅방 오른쪽의 말풍선을 보고 찾을 수 있었다.

연말에 그 채팅방에 있는 한 친구를 만났다. 그 친구 내외는 유난히 나를 잘 챙겨주는데, 하루는 형부가 그 단톡방에서 너무 육아 이야기를 하면 아직 미혼인 나만 소외되지 않겠냐고 걱정하더라고 했다. 뭐 사실 그렇다. 소외를 시킨 건 아니지만 이미 초등학생 학부모인 한 친구와 나만 그 대화창에서 말이 거의 없다. 나는 그 부부의 마음 씀씀이에 고마움을 느꼈다. 부부의 마음은 고맙지만 소외되었다고 생각하지 않는다고, 언젠가 필요할지도 모를 육아 공부한다 생각한다고 말했다. 그리고 그건 아직도 혼자만 결혼 안 하고 아이가 없는 내 탓이라고.

뭐 사실 누구의 탓도 아니다. 그러므로 서로가 서로의 눈치를 봐야 할 이유는 전혀 없다. 각자 인생의 타이밍이 다를 뿐. 나의 대학 친구들은 비슷한 타이밍에 결혼과 출산이라는 중요한 순간들을 겪었다. 누군가에는 이를 수도 혹은 늦을 수도 어쩌면 없을 수도 있는 순간들이다. 지금, 이 타이밍에 그들은 출산의 경험을 하여 육아라는 공통 관심사가 생긴 것이다. 그들과 인생의 타이밍이 조금씩 어긋나면서 관심사도 달라지기 시작했다. 그 누구보다도 아이를 좋아하고 결혼을 빨리하고 싶어 조바심을 냈던 나는 2년 전부터 어쩌면 결혼과 출산이라는 순간이 나에게 없을 수도 있다고 생각하기 시작했고, 커리어, 독서, 재테크, 야구, 글쓰기라는 새로운 관심사가 생겼다.

어제 그들과 저녁 약속이 있었다. 오랜만에 자유 부인이 된 친구들은 몇 주 전부터 약속을 잡았고, 집에 아주 늦게 가겠다고 남편들에게 선전포고하며 들떠있었다. 나갈 준비를 하려고 문득 양치하다 '오늘은 오프라인에서 더 활발한 육아 이야기가 오가겠군. 그냥 가지 말까?'라는 생각이 들었다. 관심사가 달라진 그들과의 자리에서 육아 이야기만 오고 간다면 나는 정말 그 식사 자리가 힘들 것 같다는 생각이 들었다. 괜히 올겨울 최강 한파라는데 누군가가 약속을 파투 내주길, 내 몸이 아팠으면 좋겠다고 살짝 바라기도 해봤다.

하지만 막상 저녁 식사 자리는 생각했던 것보다 좋았다. 코로나다 출산 후 몸조리다 이런저런 이후로 오랫동안 보지 못하고 온라인으로만 이야기했는데, 오랜만에 얼굴을 마주하며 이야기한다는 것 자체가 모두에게 의미가 있었고 즐거웠던 것 같다. 그들에게도 육아가 아닌 커리어 등 다른 고민거리들이 많았다. 하지만 뭐랄까? 내 마음속 깊은 곳에 자리하고 있는 막연한 두려움과 글로는 설명하지 못할 나의 속 깊은 이야기는 당분간은 그 자리에서 꺼낼 수 없을 것 같았다. 왜냐면 그들은 공감할 수 없는 이야기일 것이기 때문이다. 내 친구들 역시도 어쩌면 육아 이야기를 계속하고 싶었지만, 나를 배려하느라 내가 공감 못할 마음속 깊은 이야기들은 하지 못했을 것이다. 우리는 인생의 다른 계절을 지나고 있기 때문에 나는 내게는 아직 오지 않은 봄의 싱그러움을 모를 것이고, 그들은 아득하게만 느껴지는 지난 겨울의 시림을 기억하지 못할 것이다.

저녁 식사를 마치고, 혼자 집에 걸어오는 길, 문득 엄마의 대학 동창 선자 아줌마가 생각났다. 결혼하지 말고 평생 다 같이 살자고 할 정도로 대학 동기인 선자 아줌마와 엄마 그리고 수정 아줌마는 친했다. 종종 나도 어렸을 때 아줌마들 집에 놀러 가기도 했었는데, 선자 아줌마가 여러 가지 인생의 우여곡절을 겪으시며, 만나자고 해도 슬슬 피하고 어느 순간 연락을 끊어버렸다고 했다. 어차피 다른 인생을 사는 너희들은 죽었다 깨어나도 본인을 이해하지 못할 것이며, 동정 같은 것은 하지 말라는 마지막 말과 함께 말이다. 어차피 자기 먹고사는 게 힘들고 바쁘면 끊어지는 게 친구라고 애써 선자 아줌마에 대한 섭섭함을 억누르던 엄마의 모습이 떠올랐다. 그리고 예전에는 이해를 못 했던 선자 아줌마를 이제야 나는 이해할 수 있었다.

내 친구들이 늦가을 그리고 내가 초가을을 지날 쯤에서야 우리는 인생의 같은 계절을 지난다고 말할 수 있을까?라는 생각을 해보며 올 겨울 최강 한파가 온 그 밤, 나는 거리를 걸었다.

우리는 인생의 다른 계절을 지나고 있기 때문에 나는 내게는 아직 오지 않은 봄의 싱그러움을 모를 것이고, 그들은 아득하게만 느껴지는 지난 겨울의 시림을 기억하지 못할 것이다.

이별 학원

누군가가 그랬다. 세상 그 어떤 것도 이별하지 않는 것은 없다고. 우리는 살아가면서 숱한 이별의 순간을 반복한다. 사랑하는 연인과의 이별, 가족의 죽음, 열심히 일하던 회사에서의 퇴직, 아끼던 내 볼펜, 활기차고 아름다웠던 나의 20대 등. 유난히 나는 그 대상이 누구든 그리고 무엇이든 매번 이별이 참으로 두렵다. 〈내 이름은 김삼순〉의 대사처럼 그때만큼은 '내 심장이 딱딱'해졌으면 좋겠는데 그게 왜 이렇게 어려운 건지… 뭐든 공부하고 노력하면 안 되는 게 없다고 생각하는 나인데, 이별을 겪을 때 도무지 내 마음은 내 노력대로 되지 않는다.

여러 가지 이별의 형태 중에서 '죽음'이라는 것이 나에게는 '이별'의 이야기로 선뜻 와닿지 않았다. 아직 소중한 사람의 죽음을 직접 곁에서 겪어본 적이 없어서 그럴지도 모른다. 그런데 최근에 할머니를 뵐 때마다, 그렇게 먼 이야기로만 들렸던 것이 곧 나의 이야기가 될 수 있다는 것을 새삼 실감한다.

매번 내가 좋아하는 치토스를 사주신 것도, 아빠가 어릴 적 예뻐했던 강아지 쫑이 이야기를 해주신 것도, 나에게 구구단을 가르쳐주신 것도 할머니였다. 나는 지금도 우리 할머니가 지난 30년간 해주신 떡국과 식혜보다 더 맛있는 것을 먹어본 적이 없다. 몇 년 전, 내가 결혼까지 진지하게 고민하던 남자친구랑 헤어졌다고 했을 때만 해도 우리 할머니는 "잘 헤어졌어. 내 새끼 더 좋은 사람 만날 거야!" 하며 위로를 해주셨다. 그로부터 두 해가 지나서는 "우리 손녀는 이제 진짜 시집가도 되겠는데…이제 할머니한테 시간이 별로 없는데…"라고 이야기하셨던 나의 할머니는 이제 그렇게 말할 기운도 없으시고 멍하니 계실 때가 많다. 그렇게 예뻐하던 손녀가 나인지 가끔 깜박깜박하실 때도 있는 것 같다. 할머니드시기에 편하게 레토르트 음식, 과일, 쌀도 보내드리곤 하는데,

이제는 그런 레토르트 음식을 전자레인지에 돌릴 기운도 없으시다고 했다. 몇 년 전까지만 해도, 수영 강습도 열심히 다니시면서 센터에서 받은 메달도 자랑스럽게 보여주시곤 하셨던 할머니. 노인 대학에서 배운 첨밀밀이라는 중국 가요도 간드러지시게 부른 할머니셨는데, 이제는 기력 없이 누워만 계신다.

설 연휴 며칠 전, 할머니를 뵈러 다녀온 아빠가 엄마랑 한참 말을 나누시더니 이번 설에 나는 할머니 댁에 가지 않는 게 좋지 않겠다고 하셨다. 상태가 매우 좋지 않으시고, 내가 감기에 걸려서 할머니한테 괜히 옮길까 봐 걱정돼서였다. 결국 설 연휴에 부모님만 할머니 댁에 다녀오셨는데, 할머니가 기억도 깜박깜박하시고, 소변을 못 가리신다고 했다. 내가 어렸을 적, 내가 자다가 오줌을 싸면 할머니는 나를 씻기고, 이불을 갈고, 나를 꾸중하는 엄마 앞에서 애가 그럴 수도 있는 것 아니냐며 내 편을 들어주시곤 했는데, 나는 할머니를 위해서 해드릴 수 있는 게 아무것도 없다는 게 참 마음이 시리다. 가끔 찾아뵈는 것, 그리고 전화하면 자꾸 했던 말을 또 하시는 할머니를 가만히 들어드리는 것밖에는 할 수 있는 게 없다.

나에게 할머니는 슈퍼 우먼이셨다. 딱히 직업이 없으셨던 할아버지를 대신해 슈퍼와 식당을 운영하시면서 아버지와 삼촌을 '개천에서 용 난' 형제로 키우셨다. 어려운 환경에서 억척스럽게 두 형제를 키우신 할머니는 남이 집에서 살림하는 게 불편하다고 간병인은 싫다고 하셨다. 결국 서울집이나 요양병원으로 모시기 위해 가족들이 설득하는데 할머니는 얼마 남지 않은 인생을 지금 살고 계신 집에서 마무리하시겠다고 계속 고집을 부리신다. 결국 이 모든 것은 할아버지의 몫이 되어 버렸다.

내가 며칠 전 전화를 드렸을 때,

"할머니 요양병원 들어가세요. 가시면 친구들도 많이 사귀실 수 있고, 밥도 할아버지 밥보다 더 맛있대요. 자주 뵈러 갈게요. 할머니 손녀가 아기 낳을 때까지 건강하셔야지"

라고 말씀드리니, 내가 손녀딸인 건 아시는 건지, 내가 하는 말을 이해하시긴 하시는 건지 "응. 응"만 겨우 대답하셨다. 매일 여덟 시에 할머니께 안부 전화 드리려고 알람을 해놓기도 하고, 시간 날 때마다 찾아뵈려고 하지만 막상 그렇게 잘하지 못해서 너무 죄송하다.

나는 할머니와 참 많이 닮은 부분이 많다. 외모도 그렇고, 성격도 특정한 부분에서 굉장히 많이 닮았다. 예를 들면, 끊임없이 무엇인가를 배우고, 일을 벌이기를 좋아하는 것. 가끔 우리 엄마는 나를 꾸짖을 때 이런 말을 하곤 했다.

"아무튼 누가 제 할머니 손녀 아니랄까 봐!"

나는 내가 많이 닮은 사랑하는 할머니와 이별할 날이 정말 얼마 남지 않았다는 것을 안다. 그래서 많이 두렵다. 요즘 별의별 학원들이 많던데, 사랑하는 대상과의 이별 대처법을 알려주는 학원도 있으면 얼마나 좋을까 생각해본다. 나도 할머니와 작별의 시간이 돌아오면, 천국 가실 할머니를 위해 많이 슬퍼하지 않고 오히려 기쁘게 보내 드리는 연습을 미리 할 수 있게 말이다.

요즘 별의별 학원들이 많던데, 사랑하는 대상과의 이별 대처법을 알려주는 학원도 있으면 얼마나 좋을까 생각해본다. 나도 할머니와 작별의 시간이 돌아오면, 천국 가실 할머니를 위해 많이 슬퍼하지 않고 오히려 기쁘게 보내 드리는 연습을 미리 할 수 있게 말이다.

이번주도 무사히 보냈습니다.

작가 키리

작고 소소한 것들을 모아 반짝이는 인생을 만들고 싶어하는 사람
입니다. 짜증나는 날은 와플 하나, 화가 나면 시원한 맥주 한 잔,
우울한 날은 떡볶이 한 접시, 그리고 미움과 부러움을 모아모아
글 한자락. 조급한 나를 달래기 위한 작은 기록을 하나씩 남겨 봅
니다. 일상을 여행처럼, 매일을 선물처럼, 부족한 나를 즐거워 하
며 살고 싶어요.

이번주도 무사히 보냈습니다.

N번째 사춘기

보글보글 폭 폭- 넘칠 듯 아슬아슬하게 매달려 있는 찌개 거품과 함께 따뜻하고 고소한 냄새가 서늘한 내 주변을 감싸고 돈다. 맛보지 않아도 알 것 같은 그 맛, 진하고 매콤하고 부들부들하고 고소한. 밝고 차가웠던 오후 시간과 정 반대의 차분하고 기대되는 어둑어둑한 이 시간.

가슴속까지 춥게 만든 냉랭함, 아니 차가운 불꽃은 아마 내 속부터 시작했던것 같다.

"내가 원래 이 일 말고 다른 일을 해야 하려고 했는데"
"아니, 여기 아니고 다른 회사 가려고 했는데"

그 입으로 내 뱉는 한글자 한글자를 주워 눈 앞에 있는 하얀 보고서에 소중하게 넣지 않으련? 이 일이 나에게 맞네 맞지 않네를 소리쳐 주장하기 전에 오후 마감하기로 한 일은 제발 중간단계라도 진행해다오. 꼴을 보아하니 저 놈 앞에 놓여진 보고서는 점심 이후 내 모니터에 펼쳐져 있을 것이라 믿어 의심치 않으니, 오전부터 불꽃타자를 치며 나는 생각한다. 내 월급에 (성인)육아비용이 포함된 거라면 오늘 당장 퇴사 면담을 해야 하는 거라고 출근할 때마다 매일매일 화가 나고 사람들의 말 한마디 한마디에 울화통이 치밀어 오르는 것은.. 내가 사춘기여서 그런걸까? 아니면 내가 처한 이 동물원(사무실)이 문제일까?

집에 오면 소파에 누워 혼자 생각에 빠진다.
뒷자리 그 놈은 정말 일이 맞지 않아 그 모양인걸까?
한 사람이 맞지 않는 일을 하는 바람에 본인도 주변의 나도 함께 고통받고 있는걸까?
나는 일이 맞아서 그놈의 뒤치닥거리를 하고 있는 걸까?

지금 하고 있는 일이 내가 하고 싶었던 일이던가? 내가 원래 하고 싶은건 뭐였지? 그걸 위해 이 회사에 있는게 맞는건가?

이런 고민은 언제 끝나게 되는 걸까?

이 곳은 두번째 회사다. 3년만 버텨보자란 생각에 이 곳으로 옮겨왔고, 2년 반이 지난 시기, 이미 이력서는 헤드헌터들에게 뿌려둔 상태다. 옮길 생각은 언제나 하고 있지만, 그 생각을 항상 하고 있는 내가 맘에 들지는 않는다. 이직이 잦기로 유명한 이 업계에서 과연 나는 회사 유목민 생활을 언제까지 해야 하는 걸까? 남들은 3년마다 온다는 권태기가 나는 왜 매일 하루가 멀다하고 오는 걸까? 이놈의 사춘기는 언제 끝나는 걸까?

살짝 으슬으슬한 기운에 방에서 이불을 가져와 덮었다. 침대에 가도 되지만, 아직 집과 회사 중간 사이에 머물러 있는 머리 속 생각을 정리하지 못해 방으로 들어가기는 싫다. 이불을 목 아래까지 끌어 올리고는 다시 생각을 굴려본다.

회사만 다니면서 살 수 있나? 내 젊은(?) 시기를 이렇게 온전히 회사에만 박혀 지내도 괜찮은걸까?

첫 회사에서 3년즘 되었을 때, 회사를 그만두고 어학연수를 떠나고 싶어했다. 나보다 입사가 늦은 동갑내기 동료가 불쑥 '저 퇴사하고 떠납니다'를 시전한 터라 나 역시 '지금이 일탈의 마지막인가!'하는 불안감에 휩싸였을 때다. 회사는 바꿀 생각이 있지만 다른 일을 해 볼 생각은 아직 하지 못하는 나에 비해 그 친구는 뒤도 돌아보지 않고 떠난게 너무 부럽고 신기했다.

나도 지금이라도 다른 일을 찾아봐야 할까? 아니면 학생 때 하지 못한 세계여행을 지금 떠나야 하는 시기일까?

저녁식사 준비를 해야 한다. 머리속에 떠오르는 수많은 물음표를 해결하지 못한 상태로 몸을 일으켰다. 밖에서 찬바람 맞고 시달린 내 영혼을 대접해 줄 한끼의 따듯한 식사 한 끼가 필요하다. 이성의 사고보다 생존의 본능으로 지금은 움직여야 한다.

 뭘 먹을까 냉장고를 열어서 마침 보이는 순두부를 꺼냈다. 시장에서 사와서 봉지 가득 두부와 콩물이 함께 담긴 순두부 봉지. 하얗게 끓여 간장을 얹어 먹을까 고기를 볶아 빨갛게 끓일까 고민하다 진한 맛이 필요해 후자를 선택했다.
 뚝배기에서 보글보글 끓고 있는 순두부를 보며 이건 어떻게 끓여도 맛있는데 내 삶은 앞으로 어떤 레시피로 만들어야 가장 좋은 길이 될지 생각해 본다.

 퍼즐을 잘 맞춰 가야 할 것 같은데.. 지금 내가 가진 퍼즐이 맞는지도 모르겠는데.. 나중에 잘못가고 있다면 리턴이 가능한건지…. 아… 모르겠다…. 일단 먹고 보자..

 다진 고기를 고추가루와 함께 볶아 고추기름을 낸 다음 순두부에 그대로 투하하면 끝나는 간단한 음식이지만, 두부의 고소함과 고기의 진한맛, 고추기름의 매콤함이 괜히 쓸쓸한 속을 달래주기 딱 맞는 음식이다

 처음부터 하얗게 끓였다면 내일은 빨갛게 먹고 다음에 청국장까지 넣어서 먹으면 순두부 코스로 먹는 거였네 라는 생각과 함께, 이러나 저러나 먹을 방법은 있겠다는 생각이 들어 고민한게 무색해 졌다. 지금 내가 고민하고 있는 문제도 이러나 저러나 상관없겠다는 생각이 들었다. 고민해서 내린 답도 그 뒤에 또 고민이 있을 것이고, 그런다고 내린 선택이 잘못된 것이 아니라 다만 다음

을 위한 중간단계일 뿐이라면 과하게 머리 아프게 고민할 것도 아니란 생각이 들었다. 줄기차게 고민하고 나온 결론이 좀 허무했지만, 따뜻하고 부들부들한 순두부를 호로록 먹으니 마음이 편해져 머리가 이제야 집으로 들어온 것 같았다.

이 너그러워진 마음으로 내일 그 놈을 조금은 품어보도록 하지. 겉으로는 따뜻하게, 속으로는 빠르게 튈 준비를 해야지.

진하고 매콤하고 부들부들하고
고소한, 맛보지 않아도 알 것 같
은 그 맛

P의 캘린더

MBTI가 이름만큼이나 자기소개의 필수조건이 된 요즘, 스스로를 소개할 때 "MBTI가 4개 있는 사람입니다."라고 말한다. I/E, N/S가 49:51 수준으로 엎치락뒤치락하는 수치를 그리고 있지만, FP 만큼은 항상 부동의 자리를 지키고 있는 사람, 그게 나다.

하지만 몇몇 친구들이 '넌 가끔 보면 P도 아닌거 같아' 라 말할 때가 있다. (이쯤 되면 MBTI 파괴자 일지도…) 23년이 되기 전부터 내 1월 캘린더는 하루도 빠지지 않고 알록달록하게 채워졌다. 운동의 연두색, 약속의 파란색, 공연 관람의 보라색 등등. P는 무계획성이라고 하지만 자잘한 스케줄에 약한 거지, 큰 일정은 대부분 한 달 전부터 계획을 하게 된다. 하얗게 비어있는 캘린더를 보면 자꾸 채워 넣고 싶은 욕구가 생기는 것 같다.

작년 언젠가부터 운동이 3종류가 되었다. 필라테스, 골프, 헬스. 누가 들으면 녹초가 될 때까지 열심히 운동하는 줄 알겠지만 세 가지를 간헐적으로 회전하고 있어 일주일에 2번씩 가는 셈이다. 그리고 운동 모토가 땀 흘리기 전에 그만두자는 주의라 저 운동들이 걷기운동보다 도움이 되는 건 맞는지 의심이 가기도 한다. 약속은 일주일에 점심, 저녁을 포함해 2~3번 있다. 공연은 한 달에 평균 4번? 요즘엔 온라인에서 볼 수 있는 경우도 있어 집에서 보는 경우가 1~2회가 추가될 뿐이다. 그 외 독서 모임 같이 자기 개발을 하는 시간이 몇 개 있는…. 대충 적어 보면 이 정도?

그러면 일정이 없는 날에는 아무것도 하지 않느냐고 묻는다면, 그럴 리가 있나.
믿는 사람이 많이 없긴 하지만 난 거부할 수 없는 집순이다. 집에 있는 것이 너무나도 좋고 집에서 할 일이 끊이지 않고 있는 사람이다. 밖에 나가지 않는 날이면 난 전날부터 집안일 To-do

List를 작성하기 시작한다. 청소기 돌리기, 물걸레질하기, 음식 만들기, 설거지하기, 옷 정리하기, 화장실 청소하기 등… 집에 놀러 온 친구가 집안일 리스트를 적어놓은 칠판을 보고 '너 P라는 거 다 거짓말이지?'라며 두고두고 그 리스트를 이야기했다. 집 안과 밖 절묘한 비율을 맞춰가며 일정을 만드는 내가 나름의 P를 지키고 있는 이유는, 대부분의 일정을 '일정이 틀어지면 오히려 좋아'란 생각으로 받아들이기 때문에 아닐런지.. 그럼에도 일정을 열심히 만들려고 하는 이유는 생각이 났을 때 진행하지 않으면 금방 잊어버리는 내 부족한 기억력이 한 스푼, 해야 한다고 생각할 때 빨리 해결하고 싶다는 급한 성격 세 스푼 첨가되어 만들어지는 계획표가 아닌가 싶다.

약속을 잡으려는 친구가 세 번째 일정마저 나에게 '불가' 답변받았을 때, 변명을 해 보는 나에게 포기했다는 듯이 한마디를 흘린다.
"너 그거 은근히 병이야. 가만히 있지 못하고 계속 뭔가를 해야 할 것 같은 생각"
나도 알아. 이쯤 되면 병인 거 같아. 그런데 그냥 받아들이기로 했어. 이게 나인 걸 뭐.

슬렁슬렁 세워놓은 계획이 하루를 가득 채우고, 차곡차곡 잘 세워져 마무리된 하루를 자기 전 생각하면 기분이 좋아. 결국 마무리하지 못한 일정은 다음날을 기약하며 기다리는 것도 좋아. 오늘을 마치고 내일을 기대할 수 있으니까. 부담스럽게 커다란 것을 기대하지도, 바라지도 않아. 작은 조각이 모여 나를 이루는 이 충족감이 가장 좋아.

부담스럽게 커다란 것을 기대하지도, 바라지도 않아. 작은 조각이 모여 나를 이루는 이 충족감이 가장 좋아.

너와 나의 차이

"정말 이거 마시는 거 맞아? 맛있는 거 시키지. 저 생크림이랑 딸기시럽 올라가는 거, 젊은 사람들 저런 거 좋아하지 않아?."

　점심 후 이어지는 팀장님의 커피타임, 점심은 안되어도 후식은 항상 팀장님의 반짝이는 법인카드로 해결해 오고 있는 즐거운(?) 시간이다. 점심시간마다 눈치껏 피해주시는 팀장님이 반갑다가도, 가끔 약속 없다며 우리들 사이에 쏙 들어와 자리 잡는 팀장 덕분에 조용하고 평화(?)로운 시간을 가지는 것도 단짠단짠 회사생활의 정석 아니겠는가. 팀장님 덕분에 메뉴를 고민할 필요 없이 김치찌개, 제육볶음, 부대찌개 중 택 1. 가끔 특식으로 중국집에 가 탕수육 대자를 거하게 먹을 수 있다는 것 빼고는 참으로 단순 심플한 메뉴가 아닐 수 없다. 누가 직장인의 최대 고민을 점심시간이라고 했던가. 팀장님과 함께하면 그 고민 모두 쉽게 사라질지니.

"오늘은 내가 사지. 자 이걸로 계산해. 나 아아."
젊은 친구들이 쓰는 단어를 알고 있다는 뿌듯한 얼굴로 카드를 던지고 자리 잡으시는 그 분. 팀장님은 언제나 카드와 함께 아이스 아메리카노를 던지시고는 유유자적하게 좋은 자리를 물색한다. 중국집에서 먹고 싶은 거 다 시켜! 나는 짜장면 한 그릇~ 하는 것처럼. 우리의 메뉴도 아메리카노와 라테로 무언의 압박으로 통일시켜 버린 그 분. 처음 보는 메뉴를 시켰다는 것 하나만으로 '요즘 젊은 사람들은 참 신기해~'라는 말을 귀에 피나도록 듣고 있는 이 분위기에서는 그래도 천 원이라도 비싼 음료를 시키는 게 셀프 위로하는 방법이 아니겠냐는 내 생각이다.

'이상한 거 먹지 말고 집에 와서 밥 먹어'
　아직도 밖에서 먹고 들어간다고 하면 '몸에 나쁜 거'라고 말하며 집에 빨리 들어오라는 우리 아버지. 아버지가 보고 있었던 젊은 직원이 나 같은 느낌이었을까?

본인이 회사원일 때는 젊은 직원들이 6시가 되면 집에 가려 한다고 투덜투덜, 회식도 싫어하고 술도 마시는 둥 마는 둥 하고 집에 갈 궁리만 한다고 투덜투덜. 그러면서도 회사 다니는 자식에게 요즘은 야근 안 한다는데 왜 너는 매번 야근이냐고 회사에 투덜투덜, 회식 날이면 가서 술 못 마시는 척하고 빨리 집에 들어가야 한다고 말하라고 말도 안 되는 조언을 하시고는 늦게 오면 회사가 왜 이리 늦게까지 술을 마시게 하냐고 투덜투덜.

자식 이야기가 돼서야 겨우 입장이 바뀌게 되는 아버지를 생각하며 아버지와는 10년 이상 차이 나는 우리 팀장님을 보며 속으로 긴 한숨을 내 쉬어 본다. 그래, 당신도 입장 바뀌어봐라. 그런 말들이 나오나. 지금은 많은 것을 바라지 않으니 딱 손톱만큼 이해해라.

"팀장님도 못 보실래요? 계피 맛이 나서 어른들도 좋아하세요."
"그래? 오~ 이거 괜찮네. OO 매니저 입맛이 고급스럽구먼."
한 모금 살짝 마셔보고는 이내 반가운 세계를 만난 듯 기분이 좋아진 그의 얼굴을 보며 조금은 동질감을 느껴보고자 한다.
"나랑 취향이 비슷하겠는데. 여기 가까운데 잘하는 찌갯집이 있는데 나중에 거기 가서 먹어보자고"

워워 거기까지. 팀장님 거리두기 지켜주셔야죠.

누가 직장인의 최대 고민을 점심시간이라고 했던가. 아무 고민하지 말게나. 팀장님과 함께하면 그 고민 모두 쉽게 사라질지니.

이별하는 방법

"얼른 들어와요! 밖이 너무 춥죠? 이 시기가 원래 정말 더운 시기인데 올해 이상하게 가을이 빨리 찾아왔어요."

독일 뉘른베르크에 도착한 첫날. 엘리베이터 아래까지 나를 반겨준 한인 민박 사장님은 인생에 없던 언니가 생긴 기분이었다. 퇴사와 맞바꾼 3주간의 짧은 8월 휴가. 가장 비싼 티켓을 끊어 울면서 혼자 한국에서 탈출한 이후 처음으로 느껴본 '우리 집'의 느낌이었다. 3주의 시간이 뭐 긴 시간이라고 큰소리치며 흔한 컵라면도 챙기지 않았던 나를 비웃듯, 독일의 8월은 이때다 싶은 이상기온으로 나를 맞이했다. 한국에선 차마 입지 못하고 여기서 입어보겠다며 급하게 배송받은 민소매는 비닐도 뜯지 못한 상태로 캐리어 안에 고이 보관되어 있다. 반팔 반바지를 입고 덜덜 떨며 찾은 H&M이 그렇게 반가울 수 없을 정도로, 며칠간 외부의 추위와 싸우고 있었다. 태그도 제대로 떼지 않은 긴 옷을 입고 당당히 매장 입구를 나서는 순간, 나를 움츠리게 했던 건 바깥의 찬 바람이 아니라 홀로 이 추위를 견디고 있어야 했던 가슴 속 헛헛한 마음이었다는 것을 깨달았다.

피부가 아닌 심장 표면이 시린 기분이었다. 한국에서 겨울이 오면 뇌가 시려오는 것 같다는 생각이 든 적은 있지만 가슴 깊은 곳에서 찬 바람이 부는 것 같은 기분은 처음이었다. 혼자 여행을 온 게 처음도 아니었는데, 이렇게나 추위와 외로움에 떨고 있는 이유가 뭘까?

바다가 없는 지역이라 8월이 되면 강 중간의 작은 모래언덕에서 선탠하는 사람들이 즐비한 도시, 일부러 먼 곳에서 모래를 가져와 광장에서 비치발리볼을 할 준비까지 했다는 뉘른베르크. 사람들의 기대가 우습다는 듯 하늘은 우중충한 구름과 세찬 바람만을 머금은 채 의기양양해서 했다.

혹시나 하는 마음에 4일 정도 예약했던 한인 민박에 들어왔을 때, 여행 중 처음으로 따뜻한 바람이 몸속 전체를 지나가는 기분이었다. 한국 같은 바닥 보일러가 없어 라디에이터와 난로를 최대로 틀었다고 말씀하시는 사장님 덕분인지, 한식은 제공하지 않지만, 컵라면은 무제한이라고 쓰여 있는 안내문 덕분인지 모르겠지만 2주간의 시간 동안 가장 따뜻한 마음으로 숙소로 돌아올 수 있는 시간이었다. 당연하지만 한국 사람들이 많기 때문에 3일 동안 매일 저녁은 담소 시간이 되었다. 술을 잘하지 못해 작은 맥주 한 캔으로 2시간을 버텨내고 있었지만, 사장님의 유학 이야기나 다른 손님들의 생존 이야기를 들어오며 내가 이렇게 사람을 좋아했었나 라는 생각도 들었다. 사장님은 혼자 여행 다니는 내가 신경 쓰였는지 본인의 스케줄에 날 자주 끼워 주셨다. 덕분에 강 주변 산책이나 자전거 타기, 생필품 쇼핑가기 등 짧게나마 현지인처럼 소소하지만 즐거운 경험을 할 수 있었다. 오히려 타국에서 사람과의 연결고리가 더 가까워지는 순간.

 강변을 자전거로 산책하면서 사장님은 지나가는 여러 풍경에 관해 설명해 주셨다. 최근 이곳도 한국의 아파트 같은 높은 주택이 생기기 시작했지만, 사람들은 아직 오래된 집에 살고 싶어 한다는 것. 이곳 사람들은 일하는 시간 빼고는 언제나 조깅을 하며 건강을 생각하지만, 딱딱한 바닥에서 너무 열심히 뛴 탓에 노년에는 관절염이 많이 걸리는 것 같다는 우스갯소리까지. 사장님의 설명을 들으며 스쳐 지나가는 사람들의 이야기를 소소하게 상상하니 이 도시에 오래 산 사람처럼 나도 모르게 깊게 스며드는 것 같았다.

 그런데 그 진한 고리도 4일만에 끝났다. 나는 다음 도시로 이동해야 했기에 이 숙소에서도 떠나야 했다. 숙소 스태프들과 신발장 앞에서 작별 인사를 한 후 무거운 캐리어를 끌고 대문을 나설 때, 낡고 삐걱대던 문이 쿵 하고 닫히면서 우리의 인연도 오늘까지가 시간제한이 있었다고 하는 생각이 들었다. 짧은 만남과 이별이 잦은 그들은 저 문 뒤에서 곧 나를 잊고 오늘 들어온 새 손님 맞을 준비를 할 것이다. 뒤돌아서 다음 행선지로 가는 나는 그들과의 시간을 내 삶 속에서의 특별한 한순간으로 기억할 것이다. 낡은 문이 닫히는 소리와 함께 지난 며칠간의 시간이 쿵 하고 단절되는 기분이 들었다. 갑자기 아는 곳 하나 없는 이 유럽 땅에 툭 던져진 기분.

사람마다 서로의 거리를 정리하는 이별의 시간은 다 제각각일 것이다.
헤어지는 아쉬움이 힘들어 처음부터 벽을 쌓기도 할 것이고, 마치 평생을 만날 것처럼 다정하게 대하기도 하겠지. 다가오는 이별을 담담하게 마주하겠다는 듯이, 또는 후회하지 않겠다는 듯이 스스로를 가장 보호할 방법으로 헤어짐의 시간을 준비하겠지. 금방 잊는다고 해서 가벼운 것도 아니고, 오래 품고 산다고 해서 더 깊은 것은 아닐것이다. 다만 각자가 이겨내는 시간이 다를 뿐일지도.

사람과의 연결이 싫어 가능한 여행을 혼자 다니는 내가, 아는 사람 아무도 없는 장소에 와서 이별하는 방법을 배워간다. 나도 너도 스스로를 지키는 방법이 우선하기에 서로의 이별을 받아들이는 태도도, 이별하는 시간도 다르다는 것을.

금방 잊는다고 해서 가벼운 것도
아니고, 오래 품고 산다고 해서
더 깊은 것은 아닐것이다. 다만
각자가 이겨내는 시간이 다를 뿐
일지도

이번주도 무사히 보냈습니다.

작가 정혜진

요절한 천재가 되고 싶었으나 못되었으니
이왕이면 좋아하는 일을 하면서 살아야겠습니다.
바다를 동경하고 음악을 업으로 하며
혼밥, 혼술, 혼여행에 능하나 혼자 글쓰기는 아직 미숙한,
그러나 좋아하는 것이 하나 더 추가되어 기쁜 사람.

이번주도 무사히 보냈습니다.

부모님께

크리스마스에 그렇게 집을 박차고 나온 지 벌써 한참이 지났네
요. 전 세계인이 기뻐하고 행복해하는 날에 그 난리를 치고 갑자
기 나와버려서 미안해요. 새해 인사도 안 하고, 그날 이후로 연락
도 안 하고 답장도 안 해서 미안합니다. 그런데 내 뒤에서 소리치
던 엄마 목소리가 아직도 귀에 울리는 것 같은데 연락을 하시니
…뭐라 대답을 해야 할지 모르겠어. 기분 풀렸으면 전화하라는 문
자에 뭐라고 해야 하나 고민하다가 보낼 수는 있을까 조차 모르겠
는 편지를 써봅니다. 이렇게라도 한풀이를 하면 속이 좀 풀릴까.
뭐든지 다 때가 있다고 하던데 본의 아니게 철이 일찍 들어 애늙
은이로 살았더니 사춘기가 이렇게나 뒤늦게 오는 건지…

내 기억대로라면, 두 분한테 힘들다는 이야기는 거의 안 했던 것
같아. 몸이 아프다고 말하는 것도 어려운데 심리적으로 힘들다는
이야기는 할 수도 없었지. 말한다고 달라질 게 없다는 것을 알아
서였던 것도 있지만 늘 자랑스럽고 씩씩한 딸이 되고 싶어서 약한
소리는 하면 안 된다고 생각했던 것 같아. 이번 일로 그 생각은
더욱 확실해졌지만 말이에요.

아빠 말대로 정신력이든 뭐든 강했고, 다 잘 해내는 것 같던 내
가 우울증으로 힘들어한 지 4년이 넘었네. 혼자 별의별 노력을 다
했지만 풀리지 않던 마지막 응어리를 풀고 싶은 욕심에 이야기의
물꼬를 튼 것인데… 4년 반 동안, 그날이 딱 세 번째로 어렵게 이
야기를 꺼낸 날이었는데 그렇게 듣기 힘드셨나요. 두 분이 듣기에
는 말 같지 않은 이야기들이었더라도, 억울해서 해명을 하고 싶으
셨더라도 그 하루만, 딱 하루만 참아주시지 그러셨어. '그래, 그랬
구나. 많이 힘들었구나'라고만 해주거나, 아니면 차라리 아무런 반
응 없이 들어주기만 했더라면 마음의 응어리가 조금은 풀리지 않
았을까 하는 아쉬움을 지울 수가 없어. 하고 싶은 말들을 다 토해

낸 것도 아니었는데…결과적으로 지금은 명치에 더 깊은 체증이 얹힌 것 같아.

애초에 두 분을 원망하거나 탓하려던 게 아니에요. 혹시나 대화가 잘 안 풀릴까 오죽 걱정이 됐으면 책에서 본 '우울증 환자를 대하는 법' 몇 가지 조항을 적어와서 셋이 같이 읽자고 했을까. 어쩌면 그날 대화가 순탄하지 않을 거란 것을 직감했었나 싶기도 하고, 오빠가 통역사 역할을 하러 천안에서 올라와야 했던 것처럼 그날도 지원군 요청을 할 걸 그랬나 뒤늦게 후회도 되네. 두 분의 불화로 어린 시절이 회색빛인 것과 최근까지도 부부 싸움을 하셔서 노이로제가 걸릴 것 같았다는 것은 미안하다고 하셨으니 다시 되짚고 싶진 않지만, 부모가 줘야 할 심리적인 안정감은 '부부 싸움 안 하기'가 전부는 아니라고 생각해. 그건 자녀 앞에서 당연히 지켜야 할 기본이라고 상담사나 의사들이 입을 모아 말하는걸.

아빠는 그럼 나보고 정신과 전문의가 되라는 거냐고 하셨죠. 내가 당뇨병에 뭐가 좋고 나쁘고 찾아보는 건, 집에 갈 때마다 좋다는 영양제나 음식을 이것저것 사 가는 건 당뇨병 전문가가 되려는 게 아니라 아빠에 대한 내 관심과 사랑을 보여주는 게 아닐까. 단지 나도 그런 따뜻한 관심을 기대한 건데 그게 과했던 걸까요. 엄마는 섭섭하다는 내 이야기가 공격하는 걸로 밖에 안 들린다고 하셨죠. 두 분과 이야기하다가 난 점점 대화 의지를 상실하게 된 거고, 내가 왜 아팠는지 왜 호전이 잘 안됐는지 원인을 찾게 된 것 같아. 사람들은 사회에서 상처받거나 힘든 일이 있으면 집에 가서 치유받는다고 하지. 집 밥을 먹고 힘을 낸다거나, 무조건적으로 내 편인 가족에게 힘을 얻는다고. 안타깝지만 난 그 반대였어. 집에 가기 전에 마음을 단단히 먹고 가야 하고, 부모님의 악의 없다고 하는 말에 혼자 상처받고 그걸 밖에 나가서 다른 방법으로 풀어야 했어.

 평소랑 달리 그날은 두 분의 의견이 어찌 그리 일치되는지, 입을 모아 말씀하셨죠. 원래 우리 스타일이 이런데 뭐가 문제냐, 네가 정상이 아닌 것 같다. 근데 '원래'라는 건 그 시작이 언제부터일까? 그 말이 너무 무책임하다는 생각이 들어요. 안타깝지만 난 그날 하루의 대화를 문제 삼으려는 게 아니라, 쌓이고 쌓인 아쉬움을 풀고 싶었던 거야. 단지 애정과 관심이 필요하다, 따뜻한 말로 대화하자는 이야기를 하고 싶었던 건데 대화의 물꼬가 엉켜서 손을 쓸 수가 없어져 버렸고 일이 너무 커졌네. 속으로만 사랑하면 뭐 하나요. 상대방이 알 수가 없는데.

 이렇게 쓰다 보니 원망 조로 보일 수밖에 없다는 걸 알지만, 지금이라도 그냥 들어줬으면 좋겠어요. 크리스마스 사건이 있고 울다 지쳐 잠든 다음 날, 눈을 떠보니 기분이 너무 이상했어. 마치 전신 마비에서 깨어난 느낌? 이제 세상에는 진짜 나 혼자다 싶으면서 정신이 더 번쩍 나더군요. 어떤 이유로라도 나는 나를 혼자 돌보아야 하니 더 이상 늘어져있으면 안 되겠다 싶어서 그날 이후로 더 바쁘게 움직였어.

 다행인지 불행인지 오빠는 유년 시절의 고통과 아픔을 이해해줘. 같이 자랐으니 당연한 걸 수도 있지만, 좋은 기억들보단 보듬어야 할 기억들이 많다는 사실에 서로 안타까워하기도 하면서. 오빠는 새언니랑 조카들한테 사랑도 받고 치유도 받는다고, 네가 너무 힘들겠다면서 나보다 더 속상해했어. 오빠가 아빠도 되어주고 엄마도 되어 주겠다며... 너무 고맙지만 한편으론 더 눈물이 났어. 난 아직까지도 부모님이 내 가족의 전부인데, 기댈 수도 없고 마음을 터놓을 수도 없네.

낳아주고 길러주신 것 고마워요. 두 분 다 날 사랑한다는 사실을 머리로는 알지만, 우리의 언어나 표현이 너무 달라서 가슴으로 와 닿기 힘들어. 안타깝지만 당분간 연락은 못 할 것 같아. 홀로 오롯이 설 수 있고 감당할 수 있는 마음 근육이 더 단단해지면 그때 그냥 아무 일 없던 것처럼 만나요.

나이 먹고 부모님 속 썩여서 죄송합니다.

단지 애정과 관심이 필요하다, 따듯한 말로 대화하자는 이야기를 하고 싶었던 건데 대화의 물꼬가 엉켜서 손을 쓸 수가 없어져 버렸고 일이 너무 커졌네. 속으로만 사랑하면 뭐 하나요. 상대방이 알 수가 없는데.

투병기

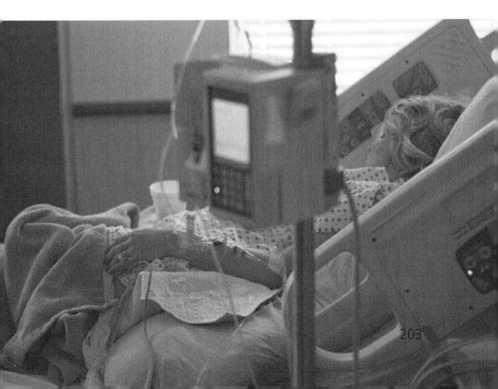

이것은 나의 투병기이다. '투병기' 정도의 이름을 붙이려면 몸의 일부가 사라진다거나 이름부터 무서운 불치병 정도는 겪었어야 할 듯하다만, 그 기준은 상대적일 테니 그저 나의 경험에 거창한 이름을 붙여 본다. 떡볶이를 먹고 싶다고 용감하게 외친 책을 필두로 요즘의 인식이 많이 부드러워졌다고는 하지만, 아직도 정신건강의학과에 간다는 것은 장염으로 내과를 방문하는 것보다 장벽이 높은 것 같다. 마음이 아픈 것은 활활 타는 불을 머리에 지니고 다니는 것 같다는데 눈에 보이질 않으니, 나도 내 발로 병원을 찾아가기까지 수백 시간의 고민이 있었다.

처음 병원에 간 것은 2018년 말, 그 이후로 네 번을 바꿨다. 잘 맞는 의사를 만나는 건 천생연분 배우자를 찾기 만큼 어렵다고 했던가. 첫 병원은 원래 가고자 했던 병원의 예약이 너무 어려워서 급하게 대체로 방문한, 동네에서 당일 진료가 가능한 병원이었다. 그곳은 창문도 없이 어두컴컴했고 사람도 없었다. 마침 내가 방문할 당시 유일하게 있던 어느 중년의 여성 환자는 원장과 고래고래 소리를 지르며 싸우고 있었다. 난 속으로 '얼마나 마음이 아프면 저렇게 화를 낼까?' 싶었다. 그 병원의 원장은 이미 은퇴했어야 하는 것 아닐까 싶을 정도의 노인이었는데 첫날부터 약을 한 다발 처방해 주었다. 첫 병원에서는 나도 뭐가 뭔지 몰라 주는 대로 약을 받아먹었고, 몇 주 지난 뒤 원장에게 약에 대한 질문을 했다가 이유도 모를 호통을 들었다. 얼마 후 나도 첫날 보았던 환자처럼 원장과 마치 가족오락관의 이구동성 게임을 하듯 서로 고성을 주고받았고 발길을 끊었다.

이후의 병원을 구구절절 다 이야기하긴 어렵지만 단순히 요약하자면 전형적인 '한국인 의사들'의 집합체였달까. 어딘가는 사람이랑 상담을 하는 건지 AI랑 상담하는 건지 헷갈렸고, 어딘가는 진료가 1분도 안 걸리는 약 제조 공장을 방불케 했다. 드라마틱한 차도가 없어 답답한 나머지, 개중 제일 양호했던 마지막 병원에서는 종합 심리검사도 받았다. 아이큐 검사부터 그림 그리기, 단어 맞추기, 문장 검사 등등, 검사비가 40만 원대였나? 너무 비싸다고 속으로 투덜댔었는데 검사를 자그마치 6시간 정도 하고 난 뒤에는 합당한 가격이구나 고개를 주억거렸다. 그 와중에 이 나이에 아이큐가 좀 높게 나왔다는 것에 철없이 내심 기뻐했던 순간도 있었다. 하지만 기대가 너무 컸던 걸까. 종합 심리검사 또한 크게 도움을 주진 못했다.

병원에 대한 내 생각은 어디를 가든 딱히 기대를 크게 갖지는 말자는 것이다. 제일 힘든 부분, 예를 들어 불면증이나 공황장애 같은 주요 증상이 완화된다면 병원과 약의 역할은 그것으로 충분한 것 같다. 단지 내 경우에는 약 덕분인지 잠은 그나마 잘 수 있었지만, 이놈의 약을 언제까지 먹어야만 하나 싶은 생각에 더 우울해질 것만 같았다. 소화불량 같은 소소한 부작용이 계속 따랐고 몸의 컨디션이 점점 떨어져서 결국 약을 끊기로 했다. 그 당시에는 무리하게 단약을 시도하고 후폭풍을 맞는 사람이 많다는 것을 몰랐기에 무식하게 약을 끊었고 한동안은 더 힘들어했다. 이후 증상 완화를 위해서 매일 30분 이상 걷기, 땀 흐르도록 운동하기, 햇빛보기, 명상, 커피 끊기, 보조제 먹기 등등. 나름 혼자 소소한 일상에서 할 수 있는 일들은 거의 다 해봤고 그 중 어느 정도는 내 패턴으로 만들었다. 신앙의 힘도 빌어 보았고 교회 사역자님들과의 상담도 받았다. 홍대에서 과천까지 매주 전문가와 심리 상담도 받으러 다녔다. 효과는 '아무것도 안 하는 것보다는 낫다.' 정도였다.

일상생활에서 할 수 있는 것 외에 살아남기 위해 시도해 본 것

중 특이하다 할 만한 것 중 첫 번째는 다이빙이다. 2019년 1월에 시작해서 방학 때마다 동남아에서 한두 달씩 살다시피 했고 겨울에는 무조건 따뜻한 나라로 도망가서 그동안 받지 못한 햇빛을 과도하게 받아 인종이 바뀌어서 오곤 했다. 맨몸으로 하는 프리다이빙으로 시작했다가 숨을 참는 고통과 다이빙 전날 음주를 금하는 분위기를 견디지 못하고 스쿠버다이빙으로 방향을 틀었고 바다에서 다이빙하는 건지 술통에서 다이빙하는 건지 모를 만큼 흠뻑 취해있었다. (참고로 음주는 정신건강에 안 좋다.) 가보지 못했지만 아마도 우주에 둥둥 떠 있다면 이런 느낌일까 싶은, 내 호흡소리에 집중하는 그 느낌이 너무 좋았다.

한참 재미를 들여 해외를 다니다가 코로나가 터져서 국내로 눈을 돌렸는데 웬걸, 한국 바다는 동남아처럼 산호가 예쁘지도, 물이 따뜻하지도 않았다. 그래서 해외 길이 막힌 이후에 발을 돌린 세계는 서핑이었다. 그런데 웬만한 운동은 다 좋아한다고 자부했거늘 균형감각이 없다는 것을 몰랐다. 겨우 보드 위에 서더라도 갓 태어난 기린처럼 바들바들 떨었지만, 그냥 바다가 좋고 물에 떠 있는 것만으로도 좋아서 1년 정도 강원도를 내 집처럼 드나들었다. 서핑을 한다기보단 단골 숍 레트리버 강아지의 똥 셔틀을 하러 간다고 하는 게 더 맞긴 하지만 장거리 운전을 하면서 오디오북이나 음악을 듣는 것, 나 자신과 대화 하는 것, 계절마다 바뀌는 풍경을 보는 것은 나름 도움이 되었다. 그러다 증상이 안 좋을 때 긴 터널에라도 들어가면 어디 벽에 그냥 차를 박아버릴까 하는 극단적인 생각이 들기도 했다. 아무도 모르게, 고민 없이, 고통 없이 모든 게 끝나면 참 좋겠다 싶었다.

어느 날, 그날도 몇 킬로미터에 달하는 긴 터널을 지나고 있었다. 그전에는 인지하지 못했었는데 터널 안에는 짧은 거리를 사이에 두고 수많은 비상구가 있었다. 위급상황이나 터널에 갇히기라도 하면 탈출할 수 있는 그런 비상구. 또 그 비상구를 못 볼세라 현란한 조명들도 도움의 빛을 뿜어내고 있었다.

마음이 아플 때는 경주마같이 시야가 좁아지다 못해 빨대 구멍으로 세상을 보는 것 같다는 말이 있다. 사람의 시야가 좁아지면 도움을 주려는 손길을 보지 못한다. 그 도움의 손길은 누군가가 내민 걸 수도 있고 나 스스로 내민 걸 수도 있다. 아무도 손을 내밀지 않으면 남의 손길 기다리다 터널에 갇히지 말고 스스로 오함마라도 들고 비상구를 깨부수자. 세상 밖으로 나가자. 물론 침대 밖으로 몸을 일으키는 것조차 큰 결심이 필요하다는 걸 누구보다 잘 알지만, 내가 나를 돕지 않으면 안 된다는 게 결론이다.

지금도 때때로 아직 빨대 안에 갇힌 것 같기도 하지만, 그 구멍을 조금씩 조금씩 넓히려고 노력 중이다. 지금 힘들어하는 그대도, 나도 이제는 빨대 구멍이 아닌 가자미 같은 넓은 시야로 그보다 더 넓은 바다를 바라볼 수 있길 바라본다.

아무도 손을 내밀지 않으면 남의 손길 기다리다 터널에 갇히지 말고 스스로 오함마라도 들고 비상구를 깨부수자. 세상 밖으로 나가자.

출생의 비밀

'어휴, 지 오빠는 착한데 저건 못돼갖고…!'

어릴 때 엄마한테 자주 들은 말이자 기억에 각인된 멘트다. 엄마는 자주 오빠랑 날 비교하며 인상을 쓰곤 했다. 엄마에게 오빠는 착한 아들이자 착한 아이, 난 이기적인 못된 애.
내가 국민학생이던 시절, 양재동 부잣집 양옥 2층에 세 들어 살던 시기에, 엄마는 날 무릎 꿇고 앉으라고 하더니 너무 힘들어서 널 못 키우겠다며 기숙학교로 보내던가 내보내겠다고 선언을 한 적이 있다. 내가 쫓겨날 정도로 그렇게 큰 잘못을 했던가? 아니, 난 그저 남들보다 사춘기가 조금 빨리 온 정도였다. 물론 기억은 주관적인 것이지만 말이다. 나중에 생각해 보니 그때 살림살이가 워낙 힘들었고 엄마의 갱년기가 겹쳐서 그랬나 싶었지만, 낳아준 엄마한테도 버림받을 수 있다는 어린 시절의 충격은 평생을 따라다닌 상처가 되었다.

굳이 비교해 보자면, 오빠는 정말 착하다. 어릴 때는 치고받고 싸우기도 했지만, 기본적으로 성품이 유하고 욕심도 없다. 내가 고등학교 입시를 준비하던 때, 오빠가 어렵게 중고로 사 온 '시디 플레이어'라는 최첨단 기기를 하루 빌려서 독서실에 가져갔다가 바로 그날 도둑맞은 일이 있었다. 내 자리에 올려두고 오락실에 가서 테트리스를 딱 한 판하고 왔는데 사라졌다. 감시 카메라도 흔치 않던 시절이라 도둑은 당연히 못 잡았다. 평소에는 잘 가지도 않던 오락실을 그날따라 왜 갔는지 후회하며 집에 와서 펑펑 울면서 이실직고했더니, 한숨 *한 번*을 안 쉬고 괜찮다고 해주던 그런 착한 사람이 우리 오빠다.

그에 반해, 난 어릴 때부터 욕심도 많고 하고 싶은 것도 많았다. 없이 자라서인지, 먹을 것 욕심이 많아서 과자를 손에 쥐면 잘 안

뺏겼다고 하고 공부라도 잘해야 칭찬을 받을 수 있어서 그랬는지, 공부 욕심도 많아서였는지, 시키지 않아도 공부하곤 했다. 친척들도 집안에서 거의 막내인 나보다 오빠를 예뻐했다. 아들 3과 딸 7을 낳으신 할머니는 오빠만 잘 안아주셨다. 대학교를 멀리 간 오빠는 넉넉지 않은 형편에도 아빠가 준 차를 끌고 다녔고 미국 유학도 갔는데, 난 대학교 2학년 때부터 학비를 혼자 벌어서 다녔고 대학원도 학자금 대출로 다니며 생활비를 보탰으니, 내가 이 집안의 콩쥐인가 싶기도 했고 남존여비 사상인지 알 수 없는 차별을 받는 것 같았다.

우울증 진단을 받고 1년 정도 지난 뒤에야 부모님께 털어놨을 때, 아빠의 첫 마디는 '너처럼 강한 애가 그럴 리 없다'였다. 내가 받은 차별의 기억을 토로하며 섭섭함을 쏟아 냈을 때, 모진 말들은 기억이 안 난다고 하셨지만, 차별에 대한 건 미안해하셨다. 못됐다는 말을 수백 번은 들은 것 같은데 그걸 왜 기억 못 하시지? 진짜 못하시는 건지 미안해서 기억 안 난다고 하시는지는 모르겠지만...

아빠는 죽기 전에 너한테 해 줄 이야기가 있다고 말을 흐리셨는데, 몇 주 지난 뒤 뜬금없이 밥 먹자고 내가 사는 동네로 오셨다. 혼자 산 지 10년이 넘었는데 이삿날에도 안 왔던 아빠가 내가 사는 지역에 오신 건 그날이 처음이자 마지막이었다. 아빠는 초밥을 먹고 싶다고 했고, 우린 연남동 터줏대감 스시집에서 프리미엄 초밥을 먹었다. 다음으로 동네 커피숍에 가서는 마치 '어제는 김치찌개를 먹었다'라는 일상적인 대화를 하듯, '사실 네 오빠는 친오빠가 아니다'라는 폭탄 발언을 하셨다. 인터넷 밈이 되어버린 드라마의 한 장면처럼, 마시던 음료가 다시 입 밖으로 나와도 이상할 것이 없는 말이었지만 오히려 너무 현실감이 없어서 아빠가 장난을 치나 싶었다.

오빠의 생모께서는 오빠를 낳자마자 갑자기 돌아가셨다고 했다. 아빠는 갓난쟁이던 오빠를 위해서 급하게 엄마랑 결혼했고 그 뒤에 내가 태어난 거다. 오빠랑 나는 이복남매였다. 이 사실만으로도 충격적인데 오빠는 물론, 집안 모든 친척은 다 알고 있고 나만 평생 모르고 있던 것이다. 또 아이러니하게도 엄마는 오빠가 모든 걸 알고 있다는 사실을 모르고 있단다. 이게 무슨 서클 오브 라이프(?) 같은 상황인지, 엄마는 혹시라도 오빠가 차별받는다고 할까봐 어린 나에게 더 야박했던 건지, 머릿속에서 생각이 엉켰다.

아빠는 본인을 더 많이 닮은 나를 사랑하지만, 친엄마 젖도 못 먹고 자란 오빠가 짠해서 없는 형편에 차도 주고 그랬다고, 모든 상황을 아는 친척들도 오빠가 안쓰러워 더 챙길 수밖에 없었을 거라고, 폭탄 발언을 마무리하고는 홀가분한 표정을 지으셨다. 마치 평생의 숙제를 해결한 듯 개운한 표정으로 웃으시던, 얄밉기까지 했던 아빠는 그렇게 가셨고 폭풍의 뒤처리는 내 차지였다.

생각을 소화하느라 시간이 한참 지난 후에 오빠한테 얘기를 꺼냈다. 넌 끝까지 몰랐으면 했다며 우리가 남매인 것은 변함이 없다고 덤덤하게 이야기하는 모습에 목 언저리가 뜨거워졌다. 그래, 피가 좀 다르다고 변한 것은 없다. 장기 기증은 못 해주겠지만 우리가 가족인 것은 변함이 없다. 우린 어린 시절을 공유한 피붙이이다.

오빠는 어릴 때 자주 듣던 말이 '넌 왜 그렇게 물렀냐, 욕심도 없냐, 하고 싶은 것도 없냐?'였다고 웃었다. 물러 터진 아들에게는 넌 참 착해서 좋고 순해서 좋다고, 욕심 많은 딸에게는 넌 참 열정이 많아서 좋고, 뭐든 알아서 잘 해내서 좋다고, 그 차이를 칭찬과 따듯한 표현으로 보듬어 줬으면 어땠을까 하는 아쉬움은 지울 수가 없다만…

생각할수록 내가 주워 온 자식인가 오해할 정도로 친아들이 아닌 오빠를 더 챙기던 엄마가 존경스럽기도 하고, 그동안 아무것도 모른 채 차별당했다고만 생각한 스스로 우스웠다. 오빠는 이 사실을 알게 된 것이 고등학생 때였다는데, 혼자 삭혀야 했을 오빠가 안쓰러웠고 나한테는 배려하고 알리지 않은 가족들에게 섭섭하면서도 고맙기도 한, 복잡 미묘한 감정이 뒤섞였다.

'그동안 차별받는다는 오해에 엄마의 노고도, 오빠의 아픔도 몰랐구나.'

'보이는 것이 전부가 아니구나.'

'얼마나 많은 사람과, 다양한 상황 속에서 나만 힘들다는 착각에 빠져 고통을 초래했을까.'

오빠는 고등학생 때 이 모든 것을 혼자 감당해 낸, 힘들게 구한 '시디플레이어'를 하루 만에 도둑맞은 이복동생에게 화 한번 안 낸 착한 사람이다.

몰랐던 출생의 비밀이 나도 조금은 더 착한 사람으로 만들어 주길…

넌 끝까지 몰랐으면 했다며 우리가 남매인 것은 변함이 없다고 덤덤하게 이야기하는 모습에 목 언저리가 뜨거워졌다.

〈내 사랑, 패밀리〉 이중섭미술관

출생의 비밀을 안 뒤, 엄마랑 처음으로 단둘이 여행 갔던 제주도에서

이별의 온도

세상에는 여러 종류의 이별이 있다. 어떤 이별은 속이 후련한, 한 여름의 갈증을 날려주는 적당히 시원한 아메리카노 같은 온도였고, 어떤 이별은 가슴에 불이 붙은 것처럼 속이 타다 못해 결국에는 그 열기를 눈물이라는 수분으로 뿜어내고야 마는 뜨거운 온도였다. 정이 들었던, 치가 떨렸던, 나에게 이별은 늘 가슴 한쪽을 시리게 만드는, 쉽지 않은 단어이다. 그런데 '이별'이라는 단어를 떠올렸을 때, 가장 먼저 심장을 치고 지나가는 것은 내 속을 긁었던 그 어떤 놈팽이와의 이별도 아니요, 눈에 아른거리는 반려견과의 이별도 아닌, 내가 정말 사랑했던 친구와의 이별이다.

공연 일에 발을 담근 지 얼마 안 됐을 때, 같은 작품에서 그녀를 처음 만났다. 난 일을 시작한 지 얼마 안 된 열정 과다 상태의 조감독이었고, 그 친구는 말수가 없고 시크한 표정이 인상적인 연주자였다. 스케줄을 관리해야 하는 나와, 일정 변경을 바라는 그녀의 입장이 달라, 초반에는 소소한 언쟁이 있기도 했었지만 우리는 차츰 친해졌다. 정반대의 성격임에도 불구하고 이후 10년 동안 매일 통화할 정도로 친하게 지냈다. 나는 그녀에게 가족한테도 못할 고민 상담도 했고 정서적으로 많이 의지했다. 내가 힘들어할 때 같이 울어준 유일한 친구였고, 기쁜 일이 생기면 나보다 더 기뻐해 주는, 때로는 정신 차리라고 따끔하게 혼도 내주는 고마운 친구였다. 그런데 우리는 처음 함께 한 공연을 이후로 일을 같이 하지는 못했었다. 그녀가 공연 쪽을 10년 동안 떠나있기도 했지만, 왠지 일로 만나면 내 성격상 힘들어질 수도 있을 것 같다는 생각에 캐스팅을 못했었다. 하지만 갓 결혼한 그녀가 경제적으로 힘들다는 부탁에 거두절미하고 같이 일을 하게 되었다.

공연이란 순간의 예술이고, 그래서인지 돌발 상황도 잦다. 음악적으로 예민할 수밖에 없는 난, 당시에 이런저런 스트레스를 많이 받았다. 핑계를 대자면, 여러 가지 압박이 많은 상황이라 의견을 전달하는 방식이나 표현이 매끄럽지 못했던 것 같다. 절친이다 보니 무리한 스케줄 변경을 해주거나 리허설을 빼주는 등, 나름대로의 배려를 많이 했다고 생각했지만, 연주자로서 그녀의 자존심을 지켜주지는 못했던 것 같다. 난 다른 연주자들에게 하던 대로 코멘트를 했다는 게 그녀에게는 돌이킬 수 없는 상처를 준 것이다. (쌍욕을 하거나 그런 건 절대 아니지만) 이 일로 우리는 공연이 끝난 뒤 극장에서 고성방가를 주고받고 심하게 다투었다. 처음으로 싸운 데다 그렇게 크게 싸운 것도 마음이 안 좋았는데, 그날 이후 그녀는 그 공연이 끝나는 날까지 한 번도 나랑 눈을 마주치지 않았다. 난 풀지 않고는 못 배기는 성격인 데다 서로 입장이 달라서 그랬다고 생각했기에 여러 번 화해를 신청했지만, 그때마다 거절당했고 그렇게 그 공연이 끝났다.

그로부터 약 3달 뒤, 난 다시 한번 마음을 담은 장문의 화해 메시지를 보냈다. 마음이 풀리기까지 시간이 더 필요했을 것이라고, 우리의 관계가 이렇게 끝날 사이는 절대 아니라고 생각했기에 진심을 전하면 통할 거라 믿었다. 하지만 그로부터 며칠이나 지난 뒤에 온 답장을 한마디로 요약하자면…

'난 네가 없는 세상이 더 좋다.'

나름의 마무리 멘트가 있었지만, 결론은 그랬다. 가족보다 의지했던 사람에게서 온 메시지를 읽으면서 온몸이 덜덜 떨렸다. 그리고 마치 뇌 회로의 어느 한 부분이 끊어지는 느낌을 받았다. 말 그대로 전신이 '얼음'이 되어 그대로 굳어 버렸다. 어떤 놈팽이와의 이별도 이런 데미지를 주진 못했다. 내 팔이 하나 잘려 나가는 것 같은 고통을 느꼈다. 몇 달을 울면서 누워만 있었다. 온 세상의 빛이 다 사라지고 시공간이 사라진 느낌, 블랙홀이 있다면 그건 내 집, 내 침대인 것만 같았다.

 살아야 했기에 몇 달 만에 병원을 찾았고 그렇게 외로운 싸움을 시작했다. 상담받으면서 다시 토해내고 게워내기를 몇 년, 그래도 사람은 치유 능력이 있다는 것을 알게 되었다. 어느 날은 좀 먹기도 하고 웃기도 하면서 조금씩 아주 지지부진하게 나아지긴 했다. 하지만 한 번 끊어진 뇌의 회로는 신호가 왔다 갔다가 했고, 세상의 불빛은 깜박깜박하며 수명이 다한 전등불과 같았다. 미련인지 집착인지, 미안함인지 섭섭함인지, 생각의 실타래가 이어지며 씁쓸한 마음을 놓지 못했다.

 평소처럼 마음공부와 심리에 관련된 영상을 보던 어느 날, 알고리즘이 어느 유명 강사에게 이끌었다. 그분은 관계로 힘들어하는 사람들에게 '시절인연(時節因緣)'이라는 말을 전하며, 사람 사이도 다 때가 있고 그 역할이 있다고 했다. 당시에는 크게 위로가 되는 것 같지 않았지만, 조금씩 받아들이게 되었다.

'흘러간 물을 잡을 수는 없구나.'
'그래, 지나간 것은 지나간 대로 놓아주자.'

 그녀는 결혼식에 온 친구가 나 포함 3명이라고 했을 정도로 함부로 친구를 사귀지 않고 조심스러운 사람인데, 내가 마지막 선을 넘었고 거리 조절에 실패했다. 극과 극의 성격인 우리가 우정을 쌓을 수 있던 것이 어쩌면 행운에 가까웠다. 그녀는 아마도 내가 생각하는 것보다도 더 많이 나를 참아 주었을 것이다. 오히려 적당한 거리를 유지했다면, 미지근한 온도로 지금까지 더 오래 우정을 유지할 수 있었을 텐데 하는 후회에 지금도 가슴이 먹먹하지만, 그녀의 결혼식에서 연주했던 드뷔시의 '달빛'을 우연히라도 들으면 여전히 심장이 조여오지만, 좋아하던 그 곡은 이후로 단 한 번도 치지 못하지만, 이제는 집착을 버리려고 한다. 다시 연락이 닿는다 한들 우리의 관계가 예전으로 돌아갈 수 없다는 것을 받아들이려고 한다.

나의 뒤늦은 사춘기를 받아 줬던 친구, 망망대해 같던 내 마음의 부표가 돼주었던 그녀에게 나의 미숙함으로 상처를 줬던 것을 다시 한번 진심으로 사과한다. 이 글을 읽을 리는 만무하겠지만, 바다에 던진 병 속에 담긴 편지가 지구를 몇 바퀴 돌다가 운명의 주인공에게 닿을 수도 있지 않을까 하는 마음으로 글을 쓴다. 그녀의 상처는 그렇게 깊지 않았기를, 나를 떠올린다면 빙하기의 온도가 아니라 적당히 뜨겁고 따뜻했던 아열대의 온도로 기억해 주기를… 염치없이 바라본다.

그녀의 결혼식에서 연주했던 드뷔시의 '달빛'을 우연히라도 들으면 여전히 심장이 조여오지만, 좋아하던 그 곡은 이후로 단 한 번도 치지 못하지만, 이제는 집착을 버리려고 한다.

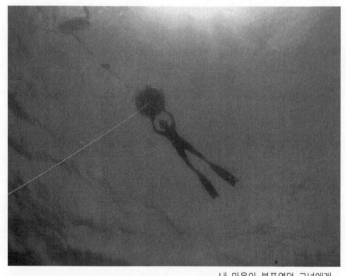

내 마음의 부표였던 그녀에게

이번주도 무사히 보냈습니다.

작가 한세원

주로 에세이 작가, 가끔 소설 작가
수많은 소개팅 경험을 통해 '내가 만난 남자들'을 글로 남기며 글
쓰기를 시작했습니다. 지나간 경험을 의미있는 무언가로 바꾸어
놓는 일이 재미있어서 계속 글을 씁니다. 좋은 질문을 던지는 글
을 쓰고 싶고, 꾸준히 쓰고 싶고, 결국엔 잘 쓰고 싶습니다.

이번주도 무사히 보냈습니다.

나는 지난 일에 여전히
예민하게 구는 사람

"그때 그 일에 대해서 쓰면 되겠다. 너 중학교 때 괴롭힘 당했던 거"

인턴 지원서에 힘든 일을 극복했던 경험을 써야 한다고 하자, 엄마가 말했다. 그 순간, 가슴 깊은 곳에서 뜨겁게 분노가 솟구쳐 올랐다. 나는 무섭게 엄마를 노려보며 소리 지르듯 말했다.

"나한테 그 얘기 다시는 꺼내지마!"

스물다섯 인 나는 순식간에 십 년 전으로 돌아가 중2병이 도진 듯이 방문을 쾅 닫고 들어가 버렸다. 어떻게 함부로 그것에 대해 언급한단 말인가? 나의 힘들었던 과거에 대해 어떻게 그렇게 쉽게 함부로? 방 속에서 나는 혼자 씩씩 거렸다.

무슨 일이 있었냐면, 사실 그리 극적인 일도 아니었다. 드라마에서처럼 가해 학생이 내 몸에 화상을 입힌다거나 주기적으로 양아치들에게 상납을 해야 했던 것도 아니었다. 나는 그저 뺨을 맞았다. 중2 2학기, 겨울방학이 아직 한참 남은 어느 날이었다. 3교시가 끝난 쉬는 시간에 옆반 커트 머리가 우리 반에 와서 나를 불렀다. 따라갔더니 여자화장실에는 긴 머리가 먼저 와있었다. 지난 학교에서 문제를 일으키고 전학 온 긴 머리에게 내가 비위를 맞추지 못했던 건지, 내가 자기 말을 무시했다며 소리를 질렀다. 커트 머리와 긴 머리는 장애인용 화장실로 나를 밀어 넣었다. 그리고 짝. 세차게 내 뺨을 후려쳤다. 뺨에서 느껴지는 아픔보다도 화장실 밖에서 들려오는 웅성거림이 먼저였다. 어머 쟤 뺨 맞았나봐. 나는 4교시 내내 책상에 엎드려있었다. 선생님은 내가 몸이 안 좋다고 생각했고, 나를 싫어하는 몇몇 친구들은 내 꼴이 좋다며 비웃었다. 나는 누워서 우는 동안 전학을 가고 싶다고 생각했다.

그러나 내가 전학을 가는 일은 없었다. 아빠가 담임을 찾아가

'피해자가 전학을 가는 것은 말도 안 된다'고 따졌고, 긴 머리는 결국 정학 처리를 당했다. 뺨을 맞았다고 소문이 좀 돌긴 했지만, 학교로 돌아온 후에도 긴 머리는 나를 더 이상 괴롭히지 않았다. 그러니까 뺨 한 대 맞은 단번의 에피소드였을 뿐이다. 이 정도면 그리 힘든 학창 시절을 보낸 것도 아니지 않은가. 그러나 나는 십 년이 지난 후에도 엄마에게 함부로 그것을 언급한다고 불같이 화를 냈다. 마치 며칠 전에 일어난 일인 거 마냥.

 재작년쯤에는 동창한테 비슷한 감정을 느꼈던 적이 있다. 우리가 살갑게 지낼 때, 마침 거지 같은 남자들을 만나고 헤어지느라 내가 하소연이 많았는데, 둘 다 멀쩡한 연애를 하면서부터 좀 멀어진 사이가 됐었다. 그런데 오랜만에 연락 온 그 동창새끼가 난장판이었던 내 과거 연애에 대해 구체적으로 언급하는 게 아닌가? '다 지난 일이잖아? 지금은 다 괜찮잖아'라고 그가 말했다. 내가 먼저 꺼낸 것도 아니고, 감히 네가 그 이야기를 함부로 한다고? 내 아픈 과거에 대해? 나는 불쾌하다며 화를 냈고, 전화를 끊고도 그가 괘씸하다는 생각에 속으로 얼마간 열이 올랐다.

 무슨 난장판이었냐면, 그것 또한 그리 극적인 일은 아니었다. 같이 모텔을 다녀온 남자가 결국 나와 사귀지는 않았다는 흔해 빠진 스토리였다. 그 남자가 서로 연락하지 말자고 말하던 날, 나는 지갑을 잃어버렸다. 추적추적 내리는 장맛비를 맞고 초라하게 집에 걸어왔다. 눈물이 나지는 않았다. 그저 수치스러웠을 뿐. 사랑을 해본 사람이라면 누구나 그런 몹쓸 기억 하나쯤은 있는 거 아니겠는가. 내가 유독 지독한 아픔을 겪었다고 생각하지는 않았다. 그러나 동창이 뱉어낸 말들에 나는 다시 그날의 감정을 떠올리며 얼굴을 붉혔다.

어떤 작은 상처는 십 년이 가기도 한다. 가시같이 솟아난 역린(逆鱗)은 가슴팍에 숨어있다가, 무고한 사람들을 찔렀다. 그러니까 예민한 사람은 그만큼 상처가 많은 사람인지도 모른다. 내가 그것들을 덮어두는 것이 상책이라고 생각한 것은 아니었다. 다만 의식 없이 모른 척 두는 건 너무 쉬운 일이었을 뿐이다. 그러나 덮어두는 것은 이따금의 발작을 유발할 뿐, 부동심을 주지는 못했다. 지나간 일인데? 별거 아닌 일이었잖아? 감정이 타오르는 스스로를 보면서 나는 두 번 힘들어야 했다.

늘 솔직하게 글을 쓰려고 노력하지만, 아직 쓰려고 시도조차 못하는 것들이 많다. 나를 흔들었던 일들을 꺼내보는 것은 품이 많이 드는 일이다. 과거의 아픔을 소화시키는 일은 노력이 드는 일이다. 그러나 진짜 다 지난 일로 만들기 위해서는 한번은 꺼내봐야 한다. 그 마음을. 그러니까 언제까지 묻어두지는 말고자 다짐해본다. 가시 돋은 사람이 아니고 둥그런 사람이 되고자, 누구도 찌르지 않고 나도 그만 힘들어하고자.

과거의 아픔을 소화시키는 일은 노력이 드는 일이다. 그러나 진짜 다 지난 일로 만들기 위해서는 한번은 꺼내봐야 한다. 그 마음을.

엄마와 할머니

사람이 병드는 이유는 간단하다. 싫은 사람과 같이 일하거나, 싫은 사람과 같이 살거나. 엄마는 집안일이 일인 주부였고, 할머니와 오랫동안 같이 살았다. 홀어머니를 모시고 사는 외동아들과 결혼한 탓이었다. 글씨를 막 읽을 줄 알게 되었을 때 아빠의 연애시절 러브레터 같은 걸 본 적이 있었다. 내용은 잘 기억나지 않지만, 그때 그 어린 아빠는 집에 있는 아빠와 좀 다른 사람이었구나 하는 생각을 했다. 그땐 아주 많이 사랑했겠지? 내가 그들을 고를 기회가 전혀 없었던 것과 달리 엄마는 선택의 기회가 있었으니까. 분명 아주 사랑해서 골랐을 거다. 물론 그 러브레터와 연애시절 사진들은 엄마가 죄다 내다 버려서 지금은 집에서 찾을 수가 없다.

내가 구구단을 막 배우기 시작할 때 구구단에 있는 가장 큰 숫자가 할머니의 나이였다. 그러고도 22년을 더 사셨다. 그리고 그중에 절반 이상은 요양원에서 보내셨다. 별로 없는 할머니에 대한 기억 중에 좋은 기억은 거의 없다. 어린 시절 주로 부엌이나 식탁에서 엄마와 대립하던 모습이 기억 속에 있을 뿐이다. 한 번은 반찬 타박을 하며 할머니가 젓가락을 던졌고 엄마가 그 앞에 국그릇을 내려놓다가 식탁 유리에 금이 갔던 적이 있었다. 유리가 쩍 갈라지던 그날뿐만 아니라 엄마와 할머니 사이는 늘 냉랭했다. 그래서 나는 할머니를 미워했다. 딸은 모두 엄마 편이기 때문이기도 하지만, 할머니는 유별난 사람이었다. 아빠도 할머니를 힘들어했고 동네 노인정에서도 괴팍한 노인네라고 금세 소문이 났다. 젊은 시절처럼 동네 사람들에게 사기를 치고 돈을 뜯어냈는지도 몰랐다.

엄마가 병이 생기고 할머니를 요양원에 모신 뒤로 추석이나 설에는 언제나 아빠와 언니, 나, 셋이서만 할머니를 보러 갔다. 요양원은 멀리 있었다. 가까운 곳에 모시면 요양원을 제멋대로 나와서 집에 돌아왔던 적이 두번이나 있었다. 할머니는 우리를 볼 때마다 더 늙고 더 작게 쪼그라들었는데, 기억만은 또렷해서 이종사촌의 안부까지 묻곤 했다. 하는 일이 뻔한 그곳에서 용돈을 더 달라고 아빠를 보챘고, 옷가지들을 쌓아두고는 버리기를 거부했다. 그리고 방문을 마칠때쯤에 엄마는 잘 있냐고 꼭 물어봤다. 엄마는 할머니와 같이 살지 않는데도 병이 낫지 않았다. 할머니는 요양원에서 가장 오래 살아서 가장 나이 많은 노인이 되었다. 내가 마지막으로 할머니를 찾아갔을 때는 엄마도 함께였다. 할머니는 이제 너무 늙어서 말을 하지 못했다. 휠체어에 탄 채로 나를 오랫동안 쳐다보았다. 그 눈빛에서 아직도 많은 기억을 붙잡고 있으리라 짐작할 수 있었다. 의사는 할머니가 몹시 노쇠했지만 치매는 없다고 진단했다. 엄마는 같이 살던 때보다 조금 선해진 말투로 할머니에게 말을 걸었다. 대답을 기대하지 않는 문장들이었다.

할머니는 103살에 돌아가셨다. 마침내라고 생각할 만큼 오래 끌어온 죽음이었다. 장례식장에 놓인 사진 속에 할머니는 끔찍하게 유치한 꽃장식을 머리에 달고 있었다. 요양원에서는 다 늙은 노인에게 왜 저런 걸 달고 영정사진을 찍게 하는 걸까. 할머니는 머리에 꽃을 달고 이틀간 조문객을 맞았다. 찾아오는 사람은 얼마 없었다. 발인 날 엄마는 뜬금없이 어릴 때 할머니가 나에게 간식을 챙겨준 것에 대해 말했다. 할머니가 너한테 참 잘해줬지? 그치? 그때 나는 할머니의 죽음이 엄마에게 어떤 것일까 궁금증이 일었다. 죽음은 너무나 거대한 것이라서 싫은 사람의 기억을 희석시켜야 한다는 의무감이라도 갖게 되는 걸까. 엄마가 아주 오래 품었던 미움은 사라진다기보다 무력해진 것처럼 보였다. 나는 엄마 옆에서 엄마를 따라 할머니를 미워했었는데, '할머니가 너한테 참 잘해줬지?' 하고 말할 때, 죽음 뒤에 할머니를 따뜻하게 평가하는 일은 나에게 영정사진 속 꽃장식만큼이나 어색했다.

마지막으로 봤던 할머니 모습을 떠올려본다. 할머니는 휠체어에 앉아 곧 다가올 죽음에 대해 어떤 생각을 했을까. 모든 것이 끝장이구나라고 생각했을까. 미움받거나 미워하는 마음도 끝장이라고 생각했을까. 그러나 '죽음이 모든 걸 끝장낸다'는 말은 당사자에게나 해당되는 것이다. 나는 때때로 잊고 살던 할머니를 극명하게 떠올린다. 엄마가 응급실 대기 의자에 앉아 '젊은 시절에 너무 스트레스를 받고 살아서...'라고 말끝을 흐릴 때나, 할머니와 함께 살던 시절에 찍었던 사진들은 모두 쓰레기통에 버리라고 치워버릴 때, 아빠와 다투는 원인이 아직도 그 옛날에 머물러있을 때. 그럴 때는 미운 사람의 죽음이 미움의 죽음과 불일치한다는 사실을 깨닫는다.

언니가 대학시절 사학수업 과제를 준비한다고 할머니를 함께 찾아간 적이 있었다. 일제강점기를 겪은 할머니의 설명을 녹취하고 자료로 쓰려는 듯했다. 그때는 아직 할머니가 말을 또렷하게 했고 이따금 일본어를 사용하기도 했다. 질의응답이 끝나고 근황을 얘기하던 할머니는 옆자리 할머니에 대해 우리에게 하소연을 했다. '이 노인네가 나한테 오천 원을 빌려갔는데, 안 갚고 죽었잖아.' 할머니가 입을 삐죽거렸다. 옆자리 식구가 세상을 떠났다는 사실보다 빌려준 그 오천원을 다시는 받을 수 없다는 사실에 애석해하는 할머니를 보며, 언니와 나는 눈살을 찌푸렸다. 죽음은 남아있는 사람들의 감정을 더 추하게 만든다.

할머니가 돌아가신 뒤로, 죽음은 무조건 슬프다거나 모든 걸 용서하고 추모해야한다는 생각이 나를 얼마간 당황스럽게 만들었는지도 모른다. 두려운 건 죽음뿐만이 아니구나, 그뒤에 남겨지는 어쩌지 못하는 감정들이 더 무섭다, 나는 생각했다. 어떤 생각의

고리가 연결된 것인지 잘 모르겠지만, 할머니가 돌아가시고 얼마 후 나는 장기기증을 신청했다. 미워했던 할머니와의 화해, 그 대신이었다.

죽음은 남아있는 사람들의 감정을 더 추하게 만든다. 두려운 것은 죽음뿐만이 아니구나, 그뒤에 남겨지는 어쩌지 못하는 감정들이 더 무섭다, 나는 생각했다.

법규와 에세이

요즘 생업을 제외하고 가장 많이 하는 일은 '읽는 것'과 '쓰는 것'이다. 본래 읽는 것과 쓰는 것은 별개이기도 하지만, 내가 분투하며 읽는 문장들은 지금 내가 써내는 문장들과 대척점에 있다고 해도 틀린 말은 아닐 것이다. 나는 자격증을 위해 틈틈이 세법의 문장들을 읽고, 매주 글쓰기 모임을 위해 에세이를 한 편씩 써내고 있다. 연관성이 전혀 없고 결이 다른 문장들을 만나는 것은 때로는 피곤하고 때로는 신선하다.

세법은 윤기가 없고 차가운 문장들의 연속이다. 부드럽게 우회하고 비유하는 글일수록 입체적이고 즐겁게 읽히는 에세이와 달리, 법규는 직설적으로 표현하고 오해 없는 표현을 목적으로 한다. 그러나 아무리 직설적이라 해도 적용을 위해서는 해석이 필요한데, 그 지점에서 세법의 메커니즘을 이해하는 것이 필요하다. 과연 변호사, 회계사 같은 전문 집단이 돈을 많이 버는 이유가 납득이 간다. 한국어로 쓰여있다고 다 같은 한국어가 아니란 말이다. 해석만 어려운 것이면 그나마 다행이다. 법규를 이해한 뒤로 그 수많은 내용을 눈에 바르는(?) 과정을 거쳐야 하는데, 그것이 진정한 곤욕이다. 자격증 1차 시험은 객관식이기 때문에 틀린 문장을 가려내기만 하면 되는데, 2차에서는 서술이라서 암기가 불가피하다. 예전에 대학 다닐 때 사법고시를 준비하던 남자친구가 있었는데, 요즘 법 공부에 시달리다 보면 '너 이렇게 어려운 걸 준비했던 거니? 이 정도로 힘든 건 줄 알았으면 내가 더 잘해줄걸 그랬다'하고 별의별 생각이 다 드는 것이다. (그래서 네가 계속 떨어졌구나 … 하는 생각도)

지난달, 두꺼운 기본서를 세 바퀴 돌리고 이제 좀 문제를 풀만하다고 생각하던 참이었다. 자신 있게 모의고사를 푸는데 심란한 문장을 하나 만났으니, 그것은 아래와 같다. 단박에 이해가 되는지 읽어보시길..

[심사청구에 대한 재조사 결정에 따른 처분청의 처분에 대해서는 해당 재조사 결정을 한 재결청에 심사청구를 제기할 수 있다.]

 한 문제에 1분을 할애해야 하는데, 이문장을 파악하는데 3분을 썼고, 그래도 몰라서 해설을 읽었다. 하지만 이문장이 틀리지 않았다는 불친절한 해설만 있을 뿐이었다. 불복신청이 가능하다는 걸 말하는 건가? 도대체 이문장에 방점은 어디에 있는 거야? 나는 법을 오래 공부한 친구에게 메시지를 보냈다. 내가 준비하는 시험을 공부해 본 적은 없지만 이따위 문장들을 나보다 훨씬 더 잘 이해할만한 친구에게. 그러자 그가 명쾌하게 우리말(?)로 해석을 해주었다. "불복신청은 팔다리에 하지 말고 대가리에 해라~이 말이야~" 법에서는 재조사를 결정하는 집단과 처분을 하는 집단이 서로 다른 경우가 많은데, 처분을 하는 '팔다리'가 아니라 결정을 내린 '대가리'에 따지라는 말이었다. 알고 보면 법규는 참 당연한 말을 어렵게 써놓는다. 물론 어렵게 느끼는 것도 다 내 공부가 부족하기 때문이지만.

 자격증 공부는 작년에 낙방한 이후로 기한이 또 일 년 늘었다. 취미처럼 공부한 탓이다. 그러나 그 말인즉슨, 공부는 좋은 취미가 될 수도 있다는 말이다. (영원히 이것을 취미 삼는다면 문제 있겠지만) 그것은 내 일상에서 에세이 쓰기와 제법 균형을 잘 이룬다. 나는 2주에 한 번씩 3천 자의 글을 작정해야 하는 연애칼럼 연재를 하고 있다. 그리고 한 달에 3~4개의 글을 써야 하는 글쓰기 모임을 진행한다. 재밌는, 그게 안되면 적어도 읽을 만한, 문장을 쓰려고 노트북을 펼치면, 내 안에 검열관이 쓰-윽 다가와 자리를 잡고 앉는다. '이렇게 써서 재미가 있겠니? 사람들이 읽겠니?

조회수가 나겠니?' 놈은 지독하게 따져 묻는다. 그럴 땐 자격증 공부로 달려가서 차가운 문장들을 머리에 욱여넣는 편이 낫겠다는 생각이 든다. 특히 절차법은 꽤 읽어봤다고 정답률이 제법 올라서 성취감을 느끼곤 한다. 그러나 또 사람은 간사해서 단순 암기와 O, X풀이만 하다 보면, 스스로 흐릿해진다는 기분이 든다. 그럴 땐 에세이로 달려가서 감정을 표현하고 나를 나타내고 싶다는 생각이 든다.

 언젠가는 자격증 시험에 꼭 합격해서 차가운 법규의 문장들과 따뜻한 에세이를 섞어낸 책을 하나 만들어 보는 것도 좋겠다. 아직 공부할 것이 태산인데 벌써 너무 꿈이 야무진가? 다짐과 열정만은 언제나 뜨겁다. 이제 또 한 편의 에세이가 완성됐으니, 나는 차갑게 공부를 하러 가야겠다.

사람은 간사해서 단순 암기와 O, X풀이만 하다 보면, 스스로 흐릿해진다는 기분이 든다. 그럴 땐 에세이로 달려가서 감정을 표현하고 나를 나타내고 싶다는 생각이 든다.

전남친이
남기고 간 명품백

프라다 가방이 생겼다. '이거 너 해'하고 내 손에 쥐어진 그 가방은 언니가 전남친에게 받은 전리품이었다. 중앙에 프라다 로고를 반짝이는 그것은 쓸만하다 못해 부드러운 가죽에 작은 생채기하나 없고 네모난 모양새를 완벽하게 유지하고 있었다. 얼마간 조심스럽게 들고 다니다가 한동안 옷장에서 빛을 보지 못했음이 틀림없었다. 언니는 가방에 대해 '애정이 다했다'라는 표현을 했다. 사물에는 사연과 감정이 들어가기 십상이라 아주 쓸만하더라도 어떨 때는 내팽개쳐지기도 하고 어떨 때는 영영 버려지기도 한다. (그런 사람옆에 우연히 서있기를 추천한다.) 물론 나의 경우는 그런 사사로운 감정이 고귀한 명품백을 이겨본 적이 없다. 고가의 물건이라면 그런 감정을 털어내고 신나게 들고 다니는 게 맞지 않겠나? 순간적인 감정 때문에 한강에 풍당 버려지는 반지들도 마찬가지다. 그걸 왜 버려? 요즘 금이 얼만데, 팔아먹어야지. 어쨌든 언니에게 감사합니다.

사실 나는 남자친구들에게 명품백을 받아본 적이 없다. 수년 전에 꽤 값이 나가는 분홍코트를 받은 적이 있는데, 남자친구가 세 번 바뀌도록 입다가 작년에 명을 다했다. 그 외에 그들이 남기고 간 물건들은 잘 생각이 나지 않는다. (다행히 나도 명품을 사줘본 적은 없다.) 명품백뿐만이 아니다. 나와 만났던 대부분의 남자들은 미련도, 여지도, 그리 많은 것들을 남기지 않고 떠났다. '그 가방 내가 사준 거잖아. 그거 돌려줘'라고 말할 필요가 없어서 였던가? 미련 없이 떠나는 상대방을 보는 것은 처음엔 슬펐다가 나중엔 점점 불쾌해진다. 늦은 밤 숙면을 묻는 전남친들이 그렇게 많다는데, 나.. 그들에게 그 어떤 여운도 남기지 못한 건가...?

말차 크림이 가득 찬 크로와상을 먹으러 갔던 카페에서 뜻밖에 연애의 마지막을 맞이했던 적이 있다. 우리가 무엇 때문에 싸우게 됐는지 그날 당일에도 나는 잘 설명해내지 못했다. 내 기분 나쁜 표정 때문이었는지, 아니면 그의 퉁명스러운 말투 때문이었는지, 우리는 서로가 먼저 방아쇠를 당겼다고 불평을 해댔지만, 그런 건 어찌 됐든 상관이 없었다. 만나는 내내 극명하게 안 맞는 부분이 존재한다는 것 자체가 서로에게 불만이었을 테니까. 나는 반복되는 언쟁의 패턴이 답답했다. 내 잘못을 나열하는 그의 말을 끊어 버리고 카페를 박차고 나왔다. 그러나 멀리 가지도 못하고 근처 골목길을 서성이며 상황을 곱씹었다. 삼일후면 함께 거제도에 가기로 했었는데, 비행기도 예약하고 맛집도 찾아두었는데. 이대로 헤어지는 건 너무 슬플 것 같다는 생각이 들었다. 결국 헤어지기 더 싫은 사람이 접고 들어가는 건 애정싸움의 당연한 수순이었다. 나는 집에 가지 못하고 그에게 전화를 걸었다. 그는 더 이상 대화하고 싶지 않다며 냉정하게 전화를 끊었다. 좌절감을 느끼며 서성이던 골목길을 빠져나왔다. 다시 잘 봉합해 볼 수 있을까? 집에 돌아와서 답없는 질문을 하며 언니와 술을 마셨다. 그래도 여행가기 전에는 연락이 오겠지. 나는 기다리는 수밖에 없었다.

 그리고 삼 일간 아무런 연락이 없었다. 거제에 가기로 한날, 그의 sns에는 사진 한 장이 올라왔다. 청명한 하늘 아래 보석처럼 윤슬이 반짝이는 바다사진이었다. 사진 귀퉁이에는 광안리라는 글자도 쓰여있었다. 혼자 부산에 가서, 그 와중에 보란 듯이 사진을 올리다니. 나는 일방적으로 얻어맞은 기분이 들었다. 결국 또 미련을 떨기 위해 다시 그에게 메시지를 보냈다. ”나랑 얘기 좀 할 수 있을까?“ 그러나 그의 대답에는 일말의 미련도 없었다. ”너무 피곤하다. 다시는 너와 대화하고 싶지 않아. 나는 아무런 노력도 하고 싶지 않다.“ 세 계절을 함께 보낸 연인에게 이럴 수가 있나. 모든 것을 거부하는 그에게서 나는 어떠한 여지도 느낄 수가 없었다. 그 카페가 우리의 마지막 장소였던 것이다. 다시는 봉합할 수 없는 관계가 하나 더 늘어났음을, 또 한 번 영영 이별했음을 나는 그날 명확하게 인지했다. 예상대로 그는 영영 나에게 연락하지 않았다. 여지없는 개새끼였다.

다시 생각해 보면 운이 좋았던 것인지도 모르겠다. 이별마다 여지없이 미련 없이 마침표를 명확하게 찍었던 것 말이다. 나는 태생이 미련둥이라서 한번 정이 들어버리면 헤어짐이 여간 어려운 게 아니었다. 어떻게든 서로 맞춰보는 것이 이별보다는 덜 힘들 것 같았고, 그래서 떠나는 사람마다 마지막에는 있는 힘껏 바짓가랑이를 붙잡아 보았던 것이다. 그러나 잡혀준 사람은 한 명도 없었다. 그럼 그때부터는 정말 정을 떼는데 온 힘을 다 쓸 수 있었다. 감정에 질질 끌려서 한참 더 미련을 떨었다면 얼마나 시간 낭비와 에너지 낭비를 했겠냐 말이다. 운이라고 했지만, 사실 필연적인 것일 수도 있다. 내가 끌렸던 사람들이 전부 이별에 관하여 같은 태도를 가진 것이었으니까. '한번 돌아서면 미련을 두지 않는다.'

하지만 분명 그들은 남겼다. 고가의 명품백도, 구질구질한 미련도, 기대를 품게 하는 여지도 남기지 않았지만, 거칠고 묵직한 것들을 내 안에 남기고 떠났다. 나는 그것을 물건처럼 내다버리지도 못하고 한동안 묻어두다가 글을 쓰겠다고 결심한 뒤로 하나둘 꺼내보았는데, 정성으로 다듬어낸 그것들이 나에겐 진짜 값진 것들이 되어버렸다. 연락두절이 되어 부산으로 떠난 그 남자도 내 연애표류기에 네 편의 글로 남아있다. 그 거친 것을(그 여지없는 개새끼를) 머릿속에 이리저리 굴려보고 본질을 파악하는 동안 나는 자유롭다고 느꼈다. 풀리지 않는 감정들로부터의 해방이었다. 그러니까 나는 명품백보다 몇배나 값진 것을 남기게 된 셈이다.

그러나 당연한 말이지만, 고난이 성장을 주고 좋은 글을 남긴다고 해서 언제고 팔벌려 환영하는 것은 아니다. 이제는 내 연애에 이별이 영영 없기를, 이별을 할 꺼라면 레이디백이나 샤넬 투투백이라도 남기고 떠나기를...!

그 거친 것을 머릿속에 이리저리 굴려보고 본질을 파악하는 동안 나는 자유롭다고 느꼈다. 풀리지 않는 감정들로부터의 해방이었다.

작가들의 말

작가 손랑은

 글 쓰는 것보다 사진 찍는 것을 훨씬 좋아하는 사람이었다. 남는 것은 사진뿐이라는 생각에 여행을 가거나 맛집을 다녀오면 갤러리에 수백 장씩 사진을 축적했다. 그러다 일주일에 한 편씩 글을 쓰며 감득하게 되었다. 사진이 과거의 한순간을 멈추어 붙들어주는 방식으로 말을 건넨다면, 글은 과거의 경험을 그저 과거에 멈추어진 것으로 두지 않는다는 것을. 현재와 미래에 강력한 영향을 주는 역동적인 경험으로서 말을 건넨다는 사실을.
 작문 교육을 전공하면서도 학술적 글쓰기 외엔 전혀 글을 쓰지 않던 내게 글쓰기의 진정한 가치로움과 즐거움을 알게 해주신 아홉 명의 작가님들, 정말로 사랑하고 존경합니다.
 (brunch.co.kr/@rangeun0516)

작가 이지현

 저는 언제나 많이 읽는 사람이었지만 쓰는 사람이 될 생각은 못 했습니다. 누가 뭐라고 한 것도 아닌데 지레 먼저 겁을 먹었던 것 같습니다. '개나 소나 책을 내네?' '이런 걸 글이라고 썼나?' 간혹 어딘가에서 들려온 다른 작가들을 향한 비판을 굳이 먼저 수용한 것 같아요. 소심한 성격이 큰 걸림돌이 된 셈이지요. 쓰기로 작정한 순간부터는 오히려 더 자유로워졌습니다. 할 말 못 하고 주저하는 성격을 개조하는 데도 큰 도움이 됐습니다. 누가 이름 붙여주지 않아도 스스로 '작가'라 생각하며 꾸준히 글을 쓰려고 합니다. 올해는 두 권의 독립출판물을 발행하겠다고 마음먹었어요. 그 시작에 '슬기로운 작가 생활 18기'가 있었습니다. 칭찬과 격려를 발판 삼아 더욱 다짐이 확고해질 수 있었어요. 감사한 시간이었습니다.
 (brunch.co.kr/@laalalaa)

작가 수지 문지기

생각이 가장 크게 변했던 중학교 2학년 시절의 이야기를 쓰고 싶었습니다. 모든 사람이 아름답진 않다는 걸 깨달은 시기라서요. 이야기의 70%는 사실이고, 30%는 허구입니다. '스스무'란 주인공 이름은, 제가 좋아하는 작가인 다자이 오사무의 '정의와 미소'에서 따왔습니다. 스스무가 앞으로 어떻게 변해갈지 저도 모르겠습니다. 다만, 지치지 않고 자기만의 길을 찾길 바랄 뿐입니다.

(brunch.co.kr/@suzi-moon)

작가 김명진

저는 마음이 복잡하고 글을 찾는 것 같습니다. 이번 슬기로운 작가 생활 18기도 복잡한 마음을 정리하고픈 마음에 찾아왔는데요. 제가 기대했던 것 그대로 역시나 글을 좋아하는 사람들은 따듯했습니다. 그들과 함께 내가 쓴 글에 대해서 그리고 그들의 삶이 담겨 있는 글을 보며 이야기를 나누다 보니 복잡했던 마음이 어느덧 깔끔하게 정리가 되어있는 것을 발견했습니다. 그렇게 글이 가지고 있는 치유의 힘을 다시 한번 체감하였습니다.

이제는 잠시 멀어져 있던 글과 조금 더 가까이 지내보려고 합니다. 아직은 매우 부족한 글이지만, 글을 잘 쓰고 싶다는 마음을 놓지 않으며 한자, 한자 꾸준히 적어가면 언젠가는 내 글도 잘 쓰는 글이 되지 않을까요?

그리고 마지막으로 글쓰기에 대한 저의 의지를 다시 불러일으켜 주시고 따듯한 말씀들을 건네주신 함께한 작가 아홉 분에게도 감사하다는 말, 그리고 여러분들의 글을 열렬히 응원한다는 말을 수줍게 전해봅니다.

(audwls534@naver.com)

작가 정용현

박찬욱 감독의 영화 '스토커'의 오프닝에서 여자 주인공은 이렇게 독백합니다. "꽃이 자기 색을 고를 수 없듯 내가 무엇이 되든 그건 내 책임이 아니야."

글을 쓸 때, 나는 나와 대화하는 시간을 가지게 됩니다. 그 시간에서 발견한 내 모습이 뿌듯할 때도 있고 부끄러울 때도 있습니다. 사실 부끄러울 때가 더 많습니다. 그런데 어떡합니까, 그건 내 책임이 아닌걸요. 내가 이렇게 생겨먹은건 내 의지가 아니었으니까, 그냥 되려 당당하고 뻔뻔하게 굴려고 합니다. 글쓰기는 내가 진정 자유로워지는 방법을 깨닫게 해줍니다. 칼바람 불던 역삼의 아홉 작가와 함께해서 행복했습니다.

(instagram@jungyonghyun)

작가 서동현

지난 6주간, 생의 여러 장면들을 어지러이 섞어 놓고 그 중 하나, 하나를 조심스레 꺼내어 글로 남기는 경험을 하였습니다. 제법 추운 날씨에 처음 만난 우리는 각자의 장소에서 우리의 수요일로 무사히 닿기 위해 따뜻하고 선명해져야 했습니다. 이제 우리의 40가지 이야기가 이 책을 읽는 이들에게 예측할 수 없는 의미가 되길 바라봅니다. 어느새 우리의 밤 하늘엔 다른 계절의 별들이 흐르고 있습니다.

(brunch.co.kr/@veedor)

작가 글이로움

낯선 글감들을 처음 마주했을 때 참 아찔했습니다. 이 글감들로 어떻게 글을 요리할까 고민했는데, 돌아보니 내 삶 주변에는 많은 이야기 소재가 있었습니다.

1n 연차 중병을 아직 온전히 치유하지 못한 상태라 매주 겨우

"무사히" 글을 마무리할 때가 많았고, 작가님들과 많은 시간을 함께하지 못하여 아쉬웠습니다. 매주 "무사히" 살아내느라 고생하신 우리 작가님들, 함께해서 고마웠고 행복했다고 이 자리를 빌려 말씀드리고 싶습니다.

기억을 생생하게 추억할 수 있는 것, 찰나의 기록에서 삶의 지혜를 얻는 것, 누군가에게 힘을 주기도 하고, 공감을 얻어낼 수 있는 것, 이것이 글의 매력이 아닐까 싶습니다. 그래서 저는 계속 쓸 겁니다. 전 늘 이 자리에서 남에게 이로운 사람, 이로운 글을 쓰는 사람이 되겠습니다.

(brunch.co.kr/@travelogue87)

작가 키리

글을 쓴다는 건 나를 이해하는 조용하지만 따뜻한 한 걸음이라 생각해요.

함께 글을 쓰는 우리들에게 소중히 한 글자씩 써내려 가던 순간이 스스로를 보듬어 주고 위로해 주는 시간이 되었길. 그리고 이 글이 생명을 얻어 미래의 우리를 응원해 주기를 바래보아요.

(brunch.co.kr/@kirie1984)

작가 정혜진

자주 가던 헌책방의 간판이 모임의 끝자락인 이제야 눈에 들어온다. '세상의 모든 책은 사람이다.'

열 명의 글을 묶어서 하나의 책으로 낸다는, 모임의 목적도 모른 채 그저 마음이 답답해서 글쓰기 모임에 난생처음 와보았다. 첫날 말했다. 무엇을 어떻게 쓸지는 모르겠지만 '해우소' 같은 글을 쓰겠다고. 아직 '작가'라는 수식어가 너무나 과분한 나는, 여전히 글쓰기가 어렵다. 하지만 글을 쓰면서 터널의 끝자락을 조금은 더 빠져나올 수 있었다. 한 글자씩 써 내려가면서 마음 밑바닥에 찐득하게 깔려있던 진흙탕 같던 것들이 보송보송 부드러운 흙으로 변해가는 것을 느꼈다. 앞으로 더 좋은 흙을 차곡차곡 쌓아, 무엇이든 잘 키울 수 있는 토양으로 만들어 보겠노라고 다짐해 본다.

동굴같이 어두운 나의 글 무덤에 기꺼이 함께 들어와 준, 내 인생 최초의 문우들에게 고개 숙여 감사의 인사를 하고 싶다.

터널 속에 갇힌 누군가가 이 글을 읽고 있다면, 당신에게도 곧 빛이 비칠 거라는 이야기를 전하고 싶다.

(instagram@3rangka)

작가 한세원

중2병, 병, 차이, 이별

글감 제비 뽑기 결과가 발표되자 다들 복잡한 표정을 짓던 첫날이 기억난다. 그중에 본인이 정한 글감이 뽑혔다고 해서 절대 수월하지는 않았을 거였다. 글쓰기란 원래 그런 것이니까. 그러나 매주 무사히 글을 보내왔다. 근근이 써낸 내 글 하나를 보내면, 아홉 개의 넉넉한 글이 되돌아와서 월요일엔 새벽잠을 잤다. 나는 좋은 사람들에게 해우소든, 먼지떨이든, 무엇이든 되면 기쁘겠다고 생각하며 잠을 잤다. 그러면 또 한 주를 무사히 보내게 되는 것이다. 매주 꽉 찬 사람이 되도록 만들어준 작가님들에게 감사를 전하고 싶다.

작가님들, 감사합니다. 냄비 가득 바지락 술찜처럼 풍성한 우리의 책 출판을 기념하며 밤잠 잊은 듯 오래 축하하고 싶어요.

(brunch.co.kr/@cheerssally)

이번주도 무사히 보냈습니다.